
Der geheimnisvolle Fremde

Mark Twain

Der geheimnisvolle Fremde

Die Abenteuer des jungen Satan

aus dem Amerikanischen übersetzt
und vervollständigt
von Oliver Fehn

Pandämonium Verlag

Mark Twain

THE MYSTERIOUS STRANGER

1. Auflage November 2012

Übersetzung und Vorwort: Oliver Fehn
Layout: Lars Peter Kronlob
Umschlagbild und Illustrationen: Tobias Könemann
www.sidh-art.de
Druck und Vertrieb: Books on Demand GmbH, Norderstedt

Made in Germany

ISBN: 978-3-9813482-5-5

Vorwort des Übersetzers

Die meisten von uns denken, wenn sie den Namen Mark Twain hören, an die Abenteuer von Tom Sawyer und Huckleberry Finn – Meisterwerke der amerikanischen Literatur, ohne jeden Zweifel, doch dass sie nur einen kleinen Teil des mehrere tausend Seiten umfassenden Gesamtwerks des Autors ausmachen, ist weithin unbekannt. So kennen in Deutschland nur die wenigsten Twains Short Storys, seine köstlichen satirischen Essays, seine ureigene Version der Paradiesgeschichte – und auch nicht dieses Buch.

Der geheimnisvolle Fremde ist eins der Spätwerke des Schriftstellers, und es ist anders als alles, was Mark Twain im Laufe seines 74-jährigen Lebens geschrieben hat. Die Story, die der Autor in einem österreichischen Dorf ansiedelte, in den finsteren Zeiten des Mittelalters, spielt in der Erlebniswelt dreier Jungen, die eine seltsame Freundschaft mit einem etwa gleichaltrigen Jungen schließen, der nicht zur Dorfgemeinschaft gehört, und dessen Einfluss ihr Leben und ihre Welt nachhaltig und für alle Zeiten verändert.

Ein Jugendbuch? Nun, Jugendlichen wird die spannende Handlung gefallen, Erwachsene jedoch werden überwältigt sein von einem Werk, das in seiner Lebensweisheit der Bibel oder Bhagavad Gita gleichkommt. Dieser fremde Junge namens Satan ist keineswegs ein böses Wesen; er ähnelt eher dem Lichtbringer Luzifer, der ja nichts anderes ist als eine Version von Prometheus, der den Göttern einst das Feuer stahl und es den Menschen brachte – eine Metapher für das Weitergeben von Weisheit.

Ein satanistisches Buch also? Mitnichten. Aber auch kein Buch, das sich den Dogmen der großen westlichen Weltreligionen anschließt. Im Gegensatz zu Christentum, Judentum oder Islam vertritt es eine deterministische, ja oftmals fatalistische wie auch non-dualistische Weltsicht. Das Buch ist ein Denkspiel, ein Ausflug in eine Interpretationsweise der Weltgeschehnisse, die dem abendländisch geprägten Menschen weithin fremd ist – und gerade aus diesem Grund an vielen Stellen so überraschend, dass sie den Leser entweder kopfschüttelnd oder mit tausend Aha-Erlebnissen zurücklässt.

An vielen Stellen mag man die Handlung als grausam empfinden – aber ist die Welt, in der wir leben, nicht oft genug grausam? Zwischen der Frage nach dem Warum und der meist vagen Antwort der etablierten Religionen findet Twain einen Mittelweg, der aufklärt, aber auch verschreckt, der enthüllt, aber auch desillusioniert. Wer das Buch einmal gelesen hat, wird es immer wieder zur Hand nehmen, um Vergleiche zu seinem eigenen Leben zu ziehen und den tieferen Sinn von Ereignissen zu enträtseln, die ohne diese Lebensexegese auf ewig ein Mysterium geblieben wären.

Nach dem typisch schnoddrigen Schreibstil von Mark Twain wird der Leser hier übrigens vergeblich suchen. Auch wenn das Buch erst 1910 fertiggestellt und posthum 1916 veröffentlicht wurde, so spielt es dennoch im Jahre 1590 in einer Atmosphäre, die Twain auch in sprachlicher Hinsicht einzufangen versuchte. Übrigens existierten von dem Werk unterschiedliche Versionen – die hier vorliegende ist die verbreitetste, und wir haben sie in ungekürzter Form wiedergegeben und auf alle Schönungen und politisch korrekten Anpassungen, wie sie in den Neuauflagen älterer literarischer Werke leider immer mehr zur Unsitte werden, tunlichst verzichtet.

Mark Twain war in seiner Jugend bekanntlich ein Heißsporn, ein übermutiger Schiffsjunge, der sich gern prügelte, viele Affären mit Frauen hatte und sogar einmal so bankrott war, dass er nicht mehr wusste, wovon er den nächsten Tag in seinem Leben bestreiten sollte. Doch ist er dadurch nicht der beste Beweis dafür, dass Weisheit nicht in Studierzimmern entsteht, sondern dort, wo die rauen Winde des Lebens wehen?

Lassen Sie sich also von dem geheimnisvollen Fremden an

die Hand nehmen und staunen Sie gemeinsam mit dem jungen
Theodor über die Wunder des Universums.

Münchberg, im Oktober 2012
Oliver Fehn

Kapitel I

Es war 1590 – im Winter. Österreich, weit abgeschieden von der Welt, lag in tiefem Schlummer. Hier herrschte noch immer das Mittelalter, und es sah aus, als solle das für immer so bleiben. Manche wähnten das Land sogar noch um ein paar Jahrhunderte weiter zurück und sagten, die geistigen und geistlichen Uhren in Österreich würden noch immer das Zeitalter des Glaubens anzeigen. Aber sie meinten es als Kompliment, nicht als Verunglimpfung, und so wurde es auch aufgefasst, und alle waren wir stolz darauf. Ich erinnere mich gut daran, obwohl ich damals noch ein Junge war, und ich weiß auch noch, mit welcher Freude es mich erfüllte.

Ja, Österreich lag weit entfernt, lag in tiefem Schlummer, und da unser Dorf mitten in Österreich lag, befand es sich ebenfalls inmitten dieses Schlummers. Es döste friedlich vor sich hin, unberührt in seiner Berg- und Waldeinsamkeit, in der nur selten Nachrichten aus der Welt da draußen seine Träume störten, und war unendlich zufrieden. Ganz vorne floss der endlose Strom, dessen Oberfläche bemalt war mit Wolkenformationen und den Spiegelbildern vorbeitreibender Archen und Steinboote; dahinter führten bewaldete Stufen hinauf zum Grund des erhabenen Felshangs. Vom Gipfel schielte ein gewaltiges Schloss herab, dessen lange Reihe aus Türmen und Bollwerken von wildem Wein umrankt war; und jenseits des Stroms, eine Wegstunde weiter links, erstreckten sich windschiefe Berge, eingehüllt von Wäldern und durchklüftet von verwinkelten Schluchten, zu denen die Sonne niemals vordrang. Auf der rechten Seite klaffte ein steiler Abhang über dem Fluss, und zwischen ihm und den Hügeln – um es mit den Worten eines Laien zu sagen – erstreckte sich eine weite Ebene mit kleinen, verstreuten Gehöften, zusammengeduckt zwischen Obstgärten und schützenden Bäumen.

Die ganze Gegend, die sich über mehrere Wegstunden erstreckte, war der ererbte Besitz eines Prinzen, dessen Diener das Schloss stets gewissenhaft in Schuss hielten, so dass es jederzeit hätte bewohnt werden können, doch weder der Prinz noch seine Familie ließen sich dort öfter als einmal in fünf Jahren blicken. Wenn sie kamen, dann war es, als wäre der Fürst dieser Welt erschienen und hätte all die Herrlichkeiten seines Königreichs mitgebracht; wenn sie wieder abreisten, blieb eine Stille zurück, die dem tiefen Schlaf ähnelte, der auf ein Gelage folgt.

Für uns Jungen war Eselsdorf ein Paradies. Mit Lernen wurden wir nicht allzu sehr gepiesackt. In erster Linie brachte man uns bei, gute Christen zu sein, und die Heilige Jungfrau, die Kirche und die Heiligen zu verehren, das war das Wichtigste. Darüber hinaus brauchten wir nicht viel zu wissen; ja, es war uns nicht einmal erlaubt. Wissen war für den Allerweltsmenschen nicht gut; es verleitete ihn nur dazu, unzufrieden mit dem Los zu sein, das Gott ihm zugedacht hatte, und jegliche Unzufriedenheit mit Seinen Plänen hätte der Allmächtige nicht geduldet. Wir hatten zwei Priester. Einer von ihnen, Pater Adolf, war ein recht fanatischer und eifriger Priester und stand bei allen in hohem Ansehen.

Es gab wahrscheinlich bessere Priester als Pater Adolf, doch kein Geistlicher in unserer Gemeinde wurde jemals mit mehr Ehrfurcht und Respekt behandelt als er. Das lag daran, dass er nicht die geringste Angst vor dem Teufel hatte. Er war der einzige Christ den ich kannte, von dem man das mit Fug und Recht behaupten konnte. Aus diesem Grund fürchteten die Leute ihn sehr. Sie glaubten, ihm müsse etwas Übernatürliches anhaften – wie hätte er sonst so kühn und selbstsicher sein können? Natürlich sprechen alle Menschen nur mit großer Missbilligung vom Teufel, doch sie tun es voll Ehrfurcht, ohne dabei respektlos zu werden. Pater Adolf war da ganz anders. Er bedachte den Teufel mit jedem nur denkbaren Schimpfwort, das ihm gerade einfiel, und allen, die es hörten, lief es kalt über den Rücken. Manchmal verspottete er den Teufel auch nach allen Regeln der Kunst; dann bekreuzigten sich die Leute und sahen zu, dass sie aus seiner Gegenwart flüchten konnten, da ihnen sonst vielleicht etwas Furchtbares zugestoßen wäre.

Pater Adolf hatte dem Teufel mehr als einmal Mann zu Mann gegenüber gestanden und ihm die Stirn geboten. Das war allgemein bekannt. Pater Adolf sagte es selbst. Er machte nie ein Geheimnis daraus, sondern sprach es offen aus. Und dass er die Wahrheit sprach, dafür gab es Beweise – zumindest in einem dieser Fälle. Bei dieser Gelegenheit hatte er mit dem Widersacher gestritten und furchtlos mit seiner Flasche nach ihm geworfen; und dort, in seinem Arbeitszimmer, konnte jeder den rötlichen Klecks an der Wand sehen, wo die Flasche aufgeprallt und zerschellt war.

Doch es war Pater Petrus, der andere Priester, den wir alle am liebsten mochten und den wir am meisten bedauerten. Es gab ein paar Leute, die ihn beschuldigten, er hätte in Gesprächen mit anderen behauptet, Gott sei die Güte selbst und würde schon einen Weg finden, all seine armen Menschenkinder zu erretten. Natürlich war es schrecklich, so etwas zu sagen, aber es gab nie einen eindeutigen Beweis dafür, dass Pater Petrus das wirklich gesagt hatte; und es sah ihm auch gar nicht ähnlich, so etwas zu sagen, da er stets gut und sanft und aufrichtig war. Man warf ihm nicht vor, es von der Kanzel gepredigt zu haben, wo die ganze Gemeinde es hätte hören und bezeugen können, sondern draußen, bei einer Unterhaltung; und so etwas kann schließlich jeder erfinden, der einem Böses will. Und es gab jemanden, der Pater Petrus Böses wollte – einen sehr mächtigen Feind, nämlich den Astrologen, der in einem alten verfallenen Turm jenseits des Tals lebte und jede Nacht den Sternenhimmel erforschte. Alle wussten, dass er Kriege und Hungersnöte voraussagen konnte, obwohl das gar nicht mal so schwer war, da immer irgendwo ein Krieg wütete, und eine Hungersnot in der Regel auch. Aber die Sterne verrieten ihm auch alles über das Leben eines jeden Menschen; es stand in einem dicken Buch, das ihm gehörte, und er konnte auch verlorene Gegenstände wiederfinden, und alle Dorfbewohner mit Ausnahme von Pater Petrus begegneten ihm mit großer Scheu. Selbst Pater Adolf, der dem Teufel getrotzt hatte, zeigte einen gehörigen Respekt vor dem Astrologen, wenn er durch unser Dorf kam, mit seinem großen Spitzhut und der langen, wallenden Kutte mit dem Sternenmuster, in der Hand sein dickes Buch und einen Stab, dem bekanntlich magische Kräfte innewohnten. Sogar der Bischof selbst höre dem Astrologen manchmal zu, hieß es, da der Astrologe neben seinen Sterndeutungen und Prophezeiungen auch ein ziemliches Gedöns um die Frömmigkeit machte, womit er beim Bischof natürlich Eindruck schinden konnte.

Pater Petrus jedoch hielt nichts von dem Astrologen. Er brandmarkte ihn öffentlich als Scharlatan – als Schwindler, der über keinerlei brauchbares Wissen und keinerlei anderen Kräfte verfüge als jeder normale und durchschnittliche Mensch. Dafür hasste der Astrologe den Pater natürlich und versuchte, sein Leben zu ruinieren. Der Astrologe – daran zweifelte keiner von uns – war es auch, der die Geschichte von Pater Petrus' schokkierender Bemerkung erfunden und dem Bischof zugetragen hatte. Es hieß, Pater Petrus habe die Bemerkung seiner Nichte Margit gegenüber gemacht – obwohl Margit es abstritt und den Bischof anflehte, er möge ihr glauben und ihren alten Onkel nicht der Armut und Schande anheimgeben. Doch der Bischof schenkte ihr kein Gehör. Er enthob Pater Petrus auf unbefristete Zeit seines Amtes, auch wenn er nicht so weit gehen wollte, ihn zu exkommunizieren, da es schließlich nur einen einzigen Zeugen gab. Pater Petrus war nun schon seit einigen Jahren ohne Amt, und unser anderer Priester, Pater Adolf, hatte seinen Sprengel mit übernommen.

Es waren harte Jahre für den alten Priester und Margit. Zuvor hatte jeder sie gut leiden können, aber das änderte sich natürlich, als der finstere Blick des Bischofs seinen Schatten auf sie warf. Viele ihrer Freunde wandten sich völlig von ihnen ab, der Rest gab sich kühl und distanziert. Margit war ein bezauberndes Mädchen von achtzehn Jahren, als der Ärger begann, und sie hatte nicht nur den schönsten, sondern auch den klügsten Kopf im ganzen Dorf. Sie lehrte anderen das Harfenspiel, und all ihre Kleider und ihr Taschengeld verdankte sie ihrem eigenen Fleiß. Jetzt aber zogen sich nach und nach all ihre Schüler von ihr zurück; und wenn im Dorf ein Tanzabend oder eine Feier stattfand, überging man sie einfach. Von den jungen Burschen kam keiner mehr zu ihr ins Haus, bis auf Wilhelm Meidling – und auch der hätte es sich sparen können. Margit und ihr Onkel waren traurig und fühlten sich verlassen, da keiner mehr an sie dachte oder sie achtete, und die Sonne war aus ihrem Leben gewichen. Und im Laufe der Jahre wurde alles nur noch schlimmer. Ihre Kleider nutzten sich immer mehr ab, und es wurde immer schwerer für sie, an einen Laib Brot zu kommen. Und nun war definitiv das Ende gekommen. Salomon Isaak hatte sich genügend Geld geliehen, um sich das Haus aneignen zu können, und teilte mit, er werde am nächsten Tag die Zwangsvollstreckung ausführen.

Kapitel II

Drei von uns Jungen steckten immer zusammen, und das war schon von Kindesbeinen an so gewesen, weil wir uns von Anfang an mochten, und diese Zuneigung wuchs im Laufe der Jahre immer mehr. Es waren Nikolaus Baumann, der Sohn des obersten Richters am örtlichen Amtsgericht; Seppi Wohlmeyer, der Sohn des Wirtes vom „Goldenen Hirsch", was das bestbesuchte Wirtshaus im Dorf war, mit einem gemütlichen Biergarten und schattigen Bäumen, deren Äste sich bis zum Fluss erstreckten, sowie einem Bootsverleih; und der dritte war ich – Theodor Fischer, Sohn eines Kirchenorganisten, der auch den örtlichen Gesangsverein leitete, Geigenlehrer war, Komponist, kommunaler Steuereintreiber, Küster, und auch darüber hinaus ein brauchbarer Bürger, den alle respektierten. Wir kannten die Hügel und Wälder so gut wie die Vögel sie kannten, denn in unserer Freizeit streiften wir die ganze Zeit dort herum – es sei denn, wir waren schwimmen oder Boot fahren oder angeln, vergnügten uns auf dem Eis oder fuhren Schlitten.

Vor allem: Wir konnten den Schlosspark besuchen, wann immer wir wollten, und das durften nur wenige. Das lag daran, dass wir die Schützlinge des ältesten Schlossdieners Felix Brandt waren; und wir gingen oft dorthin, vor allem nachts, wenn er von alten Zeiten und seltsamen Geschehnissen berichtete, oder um mit ihm zu rauchen (er hatte es uns beigebracht) und Kaffee zu trinken. Er hatte im Krieg gedient und war bei der Wiener Türkenbelagerung dabei gewesen. Damals, nachdem man die Türken besiegt und vertrieben hatte, befanden sich ganze Säcke von Kaffee unter der Kriegsbeute, und die türkischen Gefangenen erklärten ihm alles über die Eigenarten des Kaffees, und wie man ein schmackhaftes Getränk daraus bereitete. Seitdem hatte er immer Kaffee im Haus, einmal um ihn selbst zu trinken, aber auch um die Ahnungslosen damit zu verblüffen. Wenn es draußen stürmte, durften wir die ganze

Nacht bleiben; und wenn es donnerte und blitzte, erzählte er von Gespenstern und allen möglichen Schrecken: Von Schlachten und Morden und Verstümmelungen, und lauter solchem Zeug, und er sorgte dafür, dass man sich im Haus behaglich und geborgen fühlte. Und das meiste von dem, was er erzählte, wusste er aus eigener Erfahrung. Er hatte in seinem Leben schon viele Gespenster gesehen, aber auch Hexen und Zauberer, und einmal hatte er sich um Mitternacht während eines heftigen Sturms in den Bergen verirrt, und als ein Blitz den Himmel erhellte, sah er auf dem Rücken des Windes die Wilde Jagd vorbeibrausen, mit dem Jäger und seinen Geisterhunden, die im Wolkendickicht vorbeistürmten. Auch einem Inkubus war er einmal begegnet, und ein paar Mal hatte er auch die große Fledermaus gesehen, die den Menschen das Blut im Schlaf aus dem Hals abzapft, während sie sanft mit ihren Flügeln fächelt, damit sie schläfrig bleiben, während sie sterben.

Vor übernatürlichen Dingen wie Geistern sollten wir uns niemals fürchten, lautete sein Rat an uns. Sie würden niemandem Schaden zufügen, sondern nur umherwandern, weil sie einsam und verzweifelt seien und sich nach freundlicher Anteilnahme und Mitgefühl sehnten. Und schon bald lernten wir, uns nicht mehr zu fürchten, und begleiteten ihn sogar, wenn er nachts in die verwunschene Kammer im Schlossverlies hinunterstieg. Der Geist tauchte nur ein einziges Mal auf, und man konnte ihn nicht gut erkennen, als er geräuschlos durch die Luft schwebte und dann wieder verschwand. Wir zitterten auch kaum, schließlich hatte er uns das ja beigebracht. Er sagte, manchmal in der Nacht würde der Geist zu ihm hinaufkommen und ihn wecken, indem er ihm mit der feuchtkalten Hand übers Gesicht strich, aber er würde ihm nie etwas zuleide tun, er sehne sich nur nach Anteilnahme und Beachtung. Das Seltsamste aber war, dass er auch Engel gesehen hatte – richtige Engel aus dem Himmel, und er hatte sich sogar mit ihnen unterhalten. Sie hatten keine Flügel und trugen Kleider, und sie redeten, sahen aus und verhielten sich wie ganz normale Menschen, und man hätte sie nie für Engel gehalten, wären da nicht die wundersamen Dinge gewesen, die sie vollbrachten – Dinge, die ein gewöhnlicher Sterblicher niemals hinbekommen würde – und vor allem die Art, auf die sie plötzlich verschwanden, während man mit ihnen sprach, war auch etwas, das kein Sterblicher je zu vollbringen in der Lage war. Die Engel, sagte er, seien immer freundlich und gut gelaunt, nicht düster und schwermütig wie die Geister.

Es war nach diesem Gespräch in einer Mainacht, dass wir am nächsten Morgen erwachten und zusammen mit ihm gut frühstückten, dann hinunter und über die Brücke hinauf zu den Hügeln gingen, und dort nach links abbogen, wo der Weg zu einem bewaldeten Berggipfel führte, einem unserer Lieblingsplätzchen. Dort suchten wir uns einen schattigen Ort, streckten uns im Gras aus, um uns auszuruhen und zu rauchen und über all die merkwürdigen Dinge zu reden, die uns noch frisch im Gedächtnis hafteten und uns beeindruckt hatten. Aber wir hatten keine Gelegenheit zu rauchen; wir waren so gedankenlos gewesen, den Feuerstein und das Stahl liegen zu lassen.

Bald schlenderte zwischen den Bäumen ein junger Bursche auf uns zu. Er setzte sich und begann freundlich mit uns zu reden, als würde er uns kennen. Aber wir gaben ihm keine Antwort, da er ein Fremder war, und Fremde waren wir nicht gewohnt und gingen ihnen aus dem Weg. Er trug neue und gute Kleider, und er war hübsch und hatte ein einnehmendes Gesicht und eine angenehme Stimme, war locker und anmutig und offenherzig, nicht schwerfällig und linkisch und misstrauisch wie andere Jungen. Wir wollten freundlich zu ihm sein, wussten aber nicht, wie wir es anfangen sollten. Ich dachte an meine Pfeife und fragte mich, ob es wohl eine nette Geste wäre, wenn ich sie ihm anbot. Dann aber fiel mir ein, dass wir ja kein Feuer hatten, und das tat mir leid und enttäuschte mich. Er aber sah mich erfreut und fröhlich an und sagte:

„Feuer? Ach, das ist leicht; dafür sorge ich schon."

Ich war so erstaunt, dass mir die Worte fehlten; schließlich hatte ich ja kein Wort gesagt. Er nahm die Pfeife und hauchte sie mit seinem Atem an, und sofort begann der Tabak rot zu glühen, und blauer Rauch stieg in großen Spiralen empor. Wir sprangen auf und wollten weglaufen, was eine ganz natürliche Reaktion war; und wir waren schon ein paar Schritte weit entfernt, als er uns sehnsüchtig bat, doch zu bleiben. Er verspreche auch, dass er keinem von uns etwas antun werde, er wolle doch nur, dass wir seine Freunde würden und ihm Gesellschaft leisteten. Also blieben wir stehen und wollten zurückgehen, da wir voller Neugier und Verwunderung waren, trauten uns aber nicht. Doch er redete weiter auf uns ein, in leisem, beschwörendem Tonfall; und als wir sahen, dass die Pfeife nicht in die Luft ging und auch sonst nichts Schlimmes geschah, kehrte unser Vertrauen nach und nach zurück, und sogleich war unsere Neugier stärker als unsere Angst, und wir wagten uns zurück – allerdings nur langsam und bereit, bei jedem Warnzeichen die Flucht zu ergreifen.

Es war ihm ein Anliegen, uns wieder aufzulockern, und er wusste, wie es ging; man konnte nicht lange argwöhnisch und ängstlich bleiben, wenn eine andere Person so ernst und schlicht und sanft war und auf so faszinierende Weise sprach wie er. Nein, er gewann unsere Herzen; und es dauerte nicht lange, bis wir uns zufrieden, behaglich und redselig fühlten und froh darüber waren, diesen neuen Freund gefunden zu haben. Als unsere Gezwungenheit sich ganz gelegt hatte, fragten wir ihn, wo er denn gelernt habe, so seltsame Dinge zu tun, und er sagte, er habe es nirgendwo gelernt; es sei ihm einfach so zugeflogen – wie so manch andere merkwürdige Gaben.

„Was für welche denn?"

„Ach, eine ganze Menge; wie viele es sind, weiß ich nicht."

„Willst du uns ein paar davon vorführen?"

„Ja, bitte!" riefen die anderen.

„Und ihr lauft auch nicht wieder weg?"

„Nein, ganz bestimmt nicht. Nun komm schon. Magst du?"

„Ja, mit Vergnügen. Aber denkt an euer Versprechen, ja?"

Auf jeden Fall, sagten wir; dann lief er zu einer Pfütze und kam mit Wasser in einer Schale zurück, die er aus einem Blatt gebastelt hatte. Er blies darauf und goss es aus, aber es war kein Wasser mehr, sondern ein Eisklumpen, der genau die Form der Schale hatte. Wir staunten und waren wie verzaubert, aber Angst hatten wir jetzt keine mehr; wir freuten uns sehr, mit ihm zusammen zu sein, und baten ihn, weiter zu machen und noch mehr solche Dinge zu tun. Was er auch tat. Er sagte, wir sollten uns jeder eine Frucht wünschen, und er würde sie uns beschaffen, egal ob sie um diese Jahreszeit wachse oder nicht. Wir redeten alle durcheinander:

„Eine Apfelsine!"

„Einen Apfel!"

„Weintrauben!"

„Greift mal in eure Taschen", sagte er, und tatsächlich, dort waren die Früchte. Und sie waren vom Feinsten. Wir aßen sie auf und wünschten, wir hätten noch mehr davon. Aber keiner von uns sagte etwas.

„Ihr werdet sie genau dort finden, wo ihr die anderen herhabt", sagte er, „und auch alles, worauf euch sonst noch der Appetit steht. Ihr braucht eure Wünsche nicht laut auszusprechen. So lange ich bei euch bin, reicht es, wenn ihr euch etwas wünscht, dann werdet ihr es bekommen."

Und er sagte die Wahrheit. So etwas Wundervolles und Faszinierendes hatten wir noch nie erlebt. Brot, Kuchen, Süßigkeiten, Nüsse – alles was man wollte, war auf einmal da. Er selbst aß nichts, sondern saß nur da und plauderte mit uns, während er zu unserem Amüsement ein merkwürdiges Kunststück nach der anderen vollführte. Er formte aus Lehm ein kleines Spielzeug-Eichhörnchen, und es sauste einen Baum hinauf, blieb auf einem Ast sitzen und trieb dort seine Kapriolen. Dann formte er einen Hund, der nicht viel größer war als eine Maus, und er jagte das Eichhörnchen, tanzte aufgeregt um den Baum herum und bellte, und war so lebendig, wie ein Hund es nur sein kann. Er scheuchte das Eichhörnchen mit seinem Gebell von Baum zu Baum und lief ihm hinterher, bis sie beide irgendwo im Dikkicht des Waldes verschwanden. Er formte Vögel aus Lehm und ließ sie frei, und singend flogen sie davon.

Irgendwann fasste ich mir ein Herz und fragte ihn, wer er sei.

„Ein Engel", sagte er, ganz wie nebenher, entließ einen weiteren Vogel in die Freiheit, klatschte in die Hände, und der Vogel flog davon.

Eine Art Ehrfurcht überfiel uns, als wir ihn das sagen hörten, und wir begannen uns wieder zu fürchten; er aber meinte, wir sollten uns keine Sorgen machen, denn es gebe für uns keinen Grund, sich vor einem Engel zu fürchten, und er könne uns auf jeden Fall gut leiden. Dann plauderte er so zwanglos und ungekünstelt weiter wie gewohnt; und während er sprach, erschuf er die ganze Zeit kleine Männer und Frauen, die etwa so groß waren wie ein Finger, und sie machten sich fleißig an die Arbeit, grenzten und ebneten ein Gebiet von einigen Quadratmetern ein und begannen, eine kunstvolle kleine Burg darauf zu bauen. Die Frauen rührten den Mörtel an und transportierten ihn in kleinen Eimern, die sie auf ihren Köpfen trugen, zu den Baugerüsten, so wie unsere Arbeiterinnen es seit jeher tun, und die Männer steckten die Maße der Gemäuer ab – ganze fünfhundert dieser Spielzeugmenschen drängten munter umher, waren emsig am Werk und wischten sich den Schweiß aus den Gesichtern wie im richtigen Leben. Da es so fesselnd war, diese kleinen Menschen dabei zu beobachten, wie sie die Burg stetig wachsen und an Form und Symmetrie gewinnen ließen, schwand unser Gefühl von Ehrfurcht nach und nach, und wir fühlten uns wieder wohl und geborgen. Wir fragten, ob wir auch ein paar solcher Menschen machen dürften, und er sagte

Ja und bat Seppi, ein paar Kanonen für die Mauern herzustellen, und Nikolaus bat er, ein paar Hellebardisten zu erschaffen, mit Harnischen und Beinschienen und Helmen, und ich war für die Kavallerie verantwortlich, mit vielen Pferden, und während er uns seine Aufträge erteilte, rief er uns ständig bei unseren Namen, verriet aber nicht, woher er sie wusste. Dann fragte Seppi ihn nach seinem eigenen Namen, und er antwortete gelassen „Satan", wobei er mit einem Baustein eine kleine Frau auffing, die von einem Gerüst stürzte, sie wieder an ihren Platz setzte und sagte: „Wie kann man so dämlich sein, rückwärts zu laufen, ohne zu wissen, worauf man sich da einlässt?"

Es überkam uns ganz plötzlich, es lag an seinem Namen, und unsere Arbeit fiel uns aus den Händen und brach entzwei – eine Kanone, ein Hellebardist, ein Pferd. Satan lachte und fragte, was denn mit uns los sei. Ich sagte: „Nichts, aber ... es ist ein ziemlich ungewöhnlicher Name für einen Engel, oder?"

„Warum?" fragte er.

„Na ja, weil es ... weil es ... hm, sein Name ist, du weißt schon ..."

„Ja – er ist mein Onkel."

Er sprach es ganz ruhig aus, aber es nahm uns für einen Moment den Atem und ließ unsere Herzen schneller schlagen. Er schien es nicht zu bemerken, doch er reparierte unsere Hellebardisten und so weiter mit einer einzigen Berührung, gab sie uns unversehrt zurück und sagte: „Wisst ihr nicht – dass auch er einmal ein Engel war?"

„Ja, stimmt", sagte Seppi. „Daran habe ich nicht gedacht."

„Vor seinem Fall war er ohne Schuld."

„Stimmt", sagte Nikolaus. „Er war frei von Sünde."

„Es ist eine gute Familie, unsere Familie", sagte Satan. „Es gibt keine bessere. Er ist der einzige von uns, der jemals gesündigt hat."

Ich kann gar niemandem so richtig erklären, wie aufregend das alles war. Kennt ihr dieses Zittern, dieses Schaudern, das euch überkommt, wenn ihr etwas seht, das so seltsam, so bezaubernd, so wundervoll ist, dass es einfach nur eine bange Freude ist, zu leben und es sich anzusehen? Ihr wisst, wie ihr dann blickt und wie euch die Lippen austrocknen und euch der Atem stockt, aber ihr wollt nirgendwo anders sein als dort, nicht um alles in der Welt. Ich brannte darauf, ihm eine Frage zu stellen, sie lag mir bereits auf der Zunge, und ich konnte sie kaum in mir zurückhalten. Trotzdem schämte ich mich, sie zu stellen, da sie ihn hätte verletzen können. Satan setzte einen Ochsen ins Gras, den er soeben erschaffen hatte, lächelte mir zu und sagte:

„Du würdest mich mit deiner Frage nicht verletzen, und falls doch, würde ich dir vergeben. Ob ich ihn gesehen habe? Ach, unzählige Male. Schon, als ich noch ein kleines Kind war, nur ein paar tausend Jahre alt, war ich ihm unter den Wiegenengeln unseres Geschlechts und unserer Herkunft der zweitgrößte Liebling – um einen Begriff aus der Menschenwelt zu verwenden. Ja, von dieser Zeit an bis zum großen Fall, achttausend Jahre lang, nach eurer Zeitrechnung.“

„Achttausend?“

„Ja.“ Er wandte sich an Seppi und es war, als würde er auf eine Frage antworten, die Seppi gerade durch den Kopf ging: „Na klar, natürlich sehe ich aus wie ein ganz normaler Junge, schließlich bin ich ja einer. Bei uns ist das, was ihr Zeit nennt, sehr großzügig angelegt. Es dauert schon eine Weile, bis man da zu einem erwachsenen Engel heranreift.“ Auch mir fiel wieder eine Frage ein, und er wandte sich an mich und beantwortete sie: „Ich bin sechzehntausend Jahre alt – das heißt, ich wäre es, wenn ich so zählen würde, wie ihr zählt.“ Dann wandte er sich an Nikolaus und sagte: „Nein, der Fall hatte weder Folgen für mich noch für den Rest meiner Verwandtschaft. Nur, dass ich nach dem benannt wurde, der die Frucht vom Baum aß und dann den Mann verlockte, und die Frau dazu. Wir anderen wissen noch immer nicht, was Sünde ist; wir sind nicht in der Lage zu sündigen; wir sind ohne Fehl und werden in diesem Zustand immer verharren. Wir ..." Zwei der kleinen Arbeiter stritten sich, und mit ihrem hummelartigen Gesumme beleidigten und beschimpften sie einander; dann folgten Schläge, und es floss Blut; dann begannen sie zu ringen, und es schien ein Kampf auf Leben und Tod zu sein. Satan streckte die Hand aus und quetschte mit den Fingern das Leben aus ihren Körpern, warf sie weg, wischte sich die blutroten Finger an seinem Taschentuch ab, und nahm seinen Faden wieder auf: „Wir können kein Unrecht tun; wir haben gar nicht die Voraussetzungen dafür, da wir nicht wissen, was Unrecht ist."

Unter diesen Umständen erschien sein Rede seltsam, aber es fiel uns kaum auf, so schockiert und betrübt waren wir angesichts des mutwilligen Mordes, den er begangen hatte – denn es war Mord gewesen, es gab kein anderes Wort dafür, und da gab es auch nichts zu beschönigen oder zu entschuldigen, da die Männer ihm schließlich nichts getan hatten. Wir fühlten uns elend, da wir ihn so mochten und geglaubt hatten, er wäre so edel und schön und anmutig, und wirklich geglaubt hatten, er wäre ein Engel; aber zu sehen, wie er solch grausame Dinge tat, das setzte ihn in unseren Augen herab, dabei waren wir doch so stolz auf ihn gewesen. Er sprach einfach weiter, so als wäre nichts geschehen, erzählte uns von seinen Irrungen und Wirrungen, und von den interessanten Dingen, die er in den großen Welten unserer Sonnensysteme zu sehen bekommen hatte, und von den Gebräuchen der Unsterblichen, die dort wohnen, was uns irgendwie faszinierte, entzückte, ja verzauberte, trotz der jämmerlichen Szene, die sich gerade vor unseren Augen abspielte: Die Frauen der toten kleinen Männer hatten ihre zerquetschten und entstellten Körper gefunden und beweinten sie, schluchzten und klagten, und ein Priester kniete dort nieder, die gekreuzten Hände vor der Brust, und betete; und immer mehr trauernde Freunde versammelten sich um sie, mit ehrfurchtsvoll entblößten und gesenkten Häuptern, und ihre

Tränen flossen, was jedoch Satans Aufmerksamkeit nicht erregen konnte, bis der kleine Lärm, den das Weinen und Beten verursachte, ihm auf die Nerven zu gehen begann. Er griff nach dem hölzernen Sitzbrett unserer Schaukel, holte aus und schlug auf die kleinen Leute ein, bis sie eins mit dem Erdreich wurden wie Fliegen, dann sprach er wieder ungerührt weiter.

Ein Engel, der einen Priester tötete! Ein Engel, der nicht wusste, wie man Böses tut, und dennoch kaltblütig Hunderte von hilflosen armen Männern und Frauen vernichtete, die ihm nie etwas zuleide getan hatten. Es machte uns krank, eine solch schreckliche Tat mit ansehen zu müssen – vor allem, wenn wir daran dachten, dass außer dem Priester keine dieser armen Kreaturen darauf gefasst gewesen war, da keine von ihnen je eine Messe gehört oder eine Kirche gesehen hatte. Und wir waren die Zeugen; wir hatten gesehen, wie jene Morde begangen wurden, und es war unsere Pflicht, es weiterzugeben und das Gesetz sprechen zu lassen.

Er aber hörte nicht auf zu reden und bezauberte uns aufs Neue mit der verhängnisvollen Musik seiner Stimme. Er brachte uns dazu, alles zu vergessen; wir konnten ihm einfach nur zuhören und ihn lieben und seine Sklaven sein, und er konnte mit uns machen, was er wollte. Die Freude, mit ihm zusammen sein zu dürfen, machte uns trunken, und er ließ uns in den Himmel seiner Augen blicken und die Ekstase spüren, die unsere Venen durchzuckte, wenn er uns mit seiner Hand berührte.

Kapitel III

Der Fremde hatte schon alles gesehen, war überall gewesen, wusste alles und vergaß nichts. Was andere mühsam studieren mussten, lernte er in einem einzigen Moment; und so etwas wie Schwierigkeiten gab es für ihn nicht. Und alles, wovon er uns erzählte, erweckte er vor unseren Augen zum Leben. Er hatte zugesehen, als die Welt erschaffen wurde; er war bei der Schöpfung Adams dabei gewesen; er sah, wie Samson sich gegen die Säulen stemmte und der Tempel über ihm zusammenstürzte; er war Zeuge von Caesars Tod; er berichtete vom Alltagsleben im Himmel; er hatte mit angesehen, wie die Verdammten sich in den roten Wogen der Hölle krümmten; und all das ließ er uns wie mit eigenen Augen sehen, als hätten wir uns selbst am Ort des Geschehens befunden. Trotzdem hatten wir das Gefühl, für ihn sei das alles nur ein Zeitvertreib. Diese Visionen von der Hölle, diese armen Säuglinge und Frauen und Mädchen und Burschen und Männer, die kreischten und angesichts ihrer Qualen um Gnade bettelten – nun, wir konnten es kaum ertragen, aber er war so abgestumpft dagegen, als wäre es nur um Spielzeugratten in einem bengalischen Feuer gegangen.

Und immer, wenn er über die Männer und Frauen auf dieser Erde und über ihre Taten sprach – selbst wenn es die großartigsten und erhabensten waren – schämten wir uns heimlich, denn alles an ihm deutete darauf hin, dass ihre Taten für ihn auf jämmerliche Weise bedeutungslos waren; hätten wir es nicht besser gewusst, so wären wir manchmal der Meinung gewesen, er spreche über Mücken. Einmal sagte er sogar, unsere Spezies hier unten sei für ihn ziemlich interessant, auch wenn sie stumpfsinnig und unwissend und nichtssagend und aufgeblasen wäre, ja, krank und gebrechlich, und – wohin man auch blicke – sich als schäbiger, armseliger und wertloser Haufen erweise. Er sagte es auf ganz selbstverständliche Art, ohne Verbitterung, einfach so, wie jemand über Ziegelsteine oder Düngemittel oder irgendetwas anderes spricht, das ohne Belang ist und keine Gefühle hat. Mir war klar, dass er es nicht böse meinte, doch in meinen Gedanken setzte es sich als etwas fest, das nicht gerade von gutem Betragen zeugte.

„Betragen!" sagte er. „Was ich sage, ist eben die Wahrheit, und die Wahrheit zu sagen zeugt immer von gutem Betragen. Gute Manieren sind nur ein Hirngespinst. Die Burg ist fertig. Gefällt sie euch?"

Wir alle fühlten uns verpflichtet, sie zu mögen. Sie war entzückend anzusehen, wohlgestaltet und schön und in all ihren Einzelheiten so durchdacht und vollkommen, bis hin zu den kleinen Fahnen, die auf den Geschütztürmen wehten. Satan sagte, es sei nun an der Zeit, die Artillerie in Stellung zu bringen, die Hellebardisten aufmarschieren zu lassen und die Kavallerie zu präsentieren. Es war ein echtes Schauspiel, unsere Männer und Pferde zu sehen, die überhaupt nicht dem entsprachen, was wir uns vorgestellt hatten, da es uns für die Herstellung solcher Dinge natürlich an Übung mangelte.

Satan sagte, es seien die missratensten Exemplare, die er je gesehen habe; dann berührte er sie und erweckte sie zum Leben, und ihre Bewegungen wirkten richtig lächerlich, da ihre Beine unterschiedlich lang waren. Sie taumelten und stolperten herum, als wären sie betrunken, und waren eine Gefahr für alles Lebende ringsum, und schließlich fielen sie um und lagen hilflos und strampelnd vor uns. Darüber mussten wir alle lachen, auch wenn es eigentlich ein beschämender Anblick war. Die Kanonen wurden mit Erde geladen, um eine Salutsalve abzufeuern, aber sie waren so krumm und schlecht gefertigt, dass sie beim Abfeuern alle explodierten, und einige der Kanoniere kamen ums Leben, andere wurden verstümmelt. Satan sagte, falls wir Lust hätten, könne er uns auch einen Sturm und ein Erdbeben schicken; er bat uns aber, aus Sicherheitsgründen ein wenig Abstand zu halten. Wir wollten auch die kleinen Menschen warnen, doch er sagte, wir sollten uns um die keine Gedanken machen; sie seien belanglos, und wir könnten uns ja irgendwann neue erschaffen, falls wir welche bräuchten.

Eine kleine schwarze Gewitterwolke ballte sich über der Burg, und schon setzte ein winziges Spiel aus Blitz und Donner ein, und das Erdreich bebte, und der Wind orgelte und keuchte, und Regen fiel, und all die kleinen Menschen suchten Unterschlupf in der Burg. Die Wolke über ihnen wurde immer schwärzer, und hinter ihr konnte man die Burg nur noch schemenhaft erkennen. Ein Blitz nach dem anderen zuckte auf, bis schließlich einer davon in die Burg einschlug und sie in Brand setzte. Die Flammen färbten die Wolke blutrot, und die Leute strömten aus der Burg und kreischten, doch Satan drängte sie mit der Hand zurück und achtete nicht auf ihr Bitten und Weinen und Flehen; und während der Wind heulte und der Donner hallte, explodierte das Pulverarsenal, das Erdbeben ließ den Boden auseinander bersten, und die Trümmer der Burg bröckelten herab und verschwanden in dem Spalt, der sie verschluckte und sich sofort wieder über ihnen schloss. Keiner dieser unschuldigen Menschen, keine diese fünfhundert armen Kreaturen kam mit dem Leben davon. Es brach uns das Herz; und wir konnten unsere Tränen nicht zurückhalten.

„Was weint ihr denn?" fragte Satan. „Sie waren wertlos."

„Aber jetzt sind sie alle zur Hölle gefahren."

„Ach, das spielt keine Rolle. Wir können uns jede Menge neuer davon erschaffen."

Es war sinnlos, ihn zu einer Gefühlsregung hinreißen zu wollen. Offenbar waren ihm so etwas wie Gefühle völlig fremd, und er begriff unsere Anteilnahme nicht. Im Gegenteil: Er sprühte, er strömte über vor guter Laune – als wäre dies eine Hochzeit gewesen anstelle eines teuflischen Blutbads. Und er war so richtig darauf erpicht, dass wir dasselbe empfanden wie er, und mit Hilfe seiner Magie gelang ihm das natürlich. Für ihn war es kein Problem; er machte mit uns, was er wollte.

Schon kurze Zeit später tanzten wir auf diesem Grab, und er spielte dazu auf einem merkwürdigen, lieblich klingenden Instrument, das er aus seiner Tasche zog; und die Musik ... aber eine solche Musik gibt es eigentlich gar nicht, außer vielleicht im Himmel, und genau von dort habe er sie auch mitgebracht, sagte er. Sie machte einen wahnsinnig vor Freude; und wir konnten unsere Augen nicht von ihm abwenden, und unsere Blicke kamen tief aus unseren Herzen, und was sie auf stumme Weise ausdrückten, war nichts als Verehrung. Auch den Tanz hatte er vom Himmel mitgebracht, und in ihm lebte die Glückseligkeit des Paradieses.

Wenig später sagte er, er habe nun einen Auftrag auszuführen. Doch wir konnten den Gedanken nicht ertragen und klammerten uns an ihm fest und flehten ihn an, zu bleiben. Das gefiel ihm, und das sagte er uns auch und ließ uns wissen, dass er noch ein wenig warten werde – wir könnten uns wieder hinsetzen und noch eine Weile mit ihm reden. Dann verriet er uns, dass Satan zwar sein richtiger Name sei, den nur wir kannten, doch für den Fall, dass er mit weiteren Personen zusammen sei, habe er sich einen anderen Namen ausgesucht – einen ganz gewöhnlichen Namen, wie er unter Menschen geläufig sei: Philipp Traum.

Der Name klang so sonderbar und gewöhnlich für ein solches Wesen! Aber es war seine Entscheidung, und wir sagten nichts; es genügte, dass er es so entschieden hatte.

An diesem Tag hatten wir viele Wunder gesehen; und in Gedanken war ich schon zu Hause und überlegte mir, was für ein Spaß es sein würde, den anderen davon zu erzählen, aber er erriet meine Gedanken und sagte:

„Nein, all jene Dinge sollen ein Geheimnis zwischen uns vieren bleiben. Ich bin euch nicht böse, wenn ihr den Drang habt, davon zu erzählen, aber ich werde eure Zungen davor bewahren, etwas von unserem Geheimnis auszuplaudern."

Das war natürlich eine Enttäuschung, aber was sollten wir

dagegen tun? Der eine oder andere Seufzer entfuhr uns. Wir sprachen munter weiter, und stets konnte er unsere Gedanken lesen und darauf eingehen, und für mich war es das Wunderbarste von allem, was er tat, doch er unterbrach meine Träumereien und sagte:

„Ja, dir erscheint es vielleicht wunderbar, mir aber nicht. Für mich gibt es keine Grenzen wie für euch. Die Gesetze der Menschen gelten für mich nicht. Ich kann eure menschlichen Schwächen ermessen und verstehen, da ich sie studiert habe; ich selbst jedoch habe keine davon. Mein Fleisch ist nicht wirklich, auch wenn es sich für euch ganz fest und real anfühlen würde; meine Kleider sind nicht wirklich; ich bin ein Geist. Oh, Pater Petrus kommt." Wir blickten um uns, konnten aber niemanden sehen. „Man kann ihn noch nicht sehen, aber gleich wird er auftauchen."

„Kennst du ihn, Satan?"

„Nein."

„Vielleicht hast du ja Lust, mit ihm zu sprechen, wenn er kommt? Er ist nicht so ahnungslos und dumm wie wir, und er würde sich bestimmt gern mit dir unterhalten. Hast du Lust?"

„Ein andermal, ja, aber nicht jetzt. Ich muss wirklich gleich los, um meinen Auftrag zu erfüllen. Da ist er ja schon. Seht ihr ihn? Am besten, ihr bleibt sitzen und sagt gar nichts."

Wir blickten hoch und sahen Pater Petrus, wie er zwischen den Kastanienbäumen auf uns zukam. Wir hockten alle drei zusammen im Gras, und Satan saß vor uns auf dem Feldweg. Pater Petrus kam nur langsam näher, mit gesenktem Kopf und in Gedanken versunken, blieb ein paar Meter weit vor uns stehen, nahm den Hut ab und zog sein seidenes Taschentuch hervor, stand da, wischte sich übers Gesicht und sah aus, als wolle er uns ansprechen, tat es aber nicht. Dann murmelte er: „Ich weiß gar nicht, wie ich hierhergekommen bin; mir ist, als wäre ich vor ein paar Minuten noch in meine Studien vertieft gewesen – aber anscheinend habe ich nur eine Stunde lang vor mich hingeträumt und bin den ganzen Weg hierher gelaufen, ohne es zu merken. Ich bin völlig neben mir in diesen Kummertagen."

Dann lief er weiter, nuschelte immer noch vor sich hin und lief direkt durch Satan hindurch, als wäre da niemand gewesen. Uns stockte der Atem, als wir das sahen. Wir verspürten den Drang, laut aufzuschreien, wie immer, wenn einem etwas Erschreckendes widerfährt, doch eine geheimnisvolle Kraft hinderte uns daran, und wir blieben ganz still, nur unser Atem ging schneller. Nach einer Weile verschwand Pater Petrus hinter den Bäumen, und Satan meinte:

„Wie ich euch schon gesagt habe – ich bin nur ein Geist."

„Das leuchtet uns ja ein", sagte Nikolaus. „Aber wir sind doch keine Geister. Dass er dich nicht sehen konnte, ist klar, aber wir waren für ihn ja auch unsichtbar, oder? Er hat zu uns hergesehen, aber er schien uns nicht zu bemerken."

„Nein, keiner von uns war für ihn sichtbar. Weil ich es so wollte."

Eigentlich zu schön, um wahr zu sein, dass wir all diese romanhaften und wundervollen Dinge zu sehen bekamen, und dass sie nicht nur ein Traum waren. Und da saß er vor uns, sah aus wie jeder andere auch – ganz natürlich, schlicht und bezaubernd – und plauderte mit uns wie gewohnt, und – nein, es lässt sich nicht in Worten ausdrücken, was wir empfanden. Es war eine Art von Ekstase – und Ekstase ist etwas, das sich nicht in Sprache fassen lässt; es ist wie Musik. Keiner kann jemandem erklären, was Musik ist, so dass der andere es auch wirklich empfindet. Er war zurückgekehrt in die alten Zeiten, und erweckte sie vor uns zu neuem Leben. Er hatte so viel gesehen, so viel! Es war einfach ein Wunder, ihn anzusehen und darüber nachzudenken, wie es war, wenn man so viele Erfahrungen gemacht hatte.

Aber wenn man ihm lauschte, fühlte man sich auf traurige Weise belanglos, wie eine Eintagsfliege, deren Tag auch nur kurz und armselig war. Und keines seiner Worte eignete sich dazu, dir deinen schwindenden Stolz zurück zu verleihen. Wenn er von Menschen sprach, dann in seiner gewohnt gleichgültigen Weise – so wie man von einem Ziegelstein spricht oder einem Misthaufen. Man spürte, dass sie für ihn völlig bedeutungslos waren, egal in welcher Hinsicht. Er wollte uns nicht verletzen, das spürten wir; schließlich wollen wir ja auch einen Ziegelstein nicht verletzen, wenn wir über ihn herziehen; für uns hat der Ziegelstein einfach keine Gefühle.

Dann, als er wieder einmal die glanzvollsten Könige und Eroberer und Dichter und Propheten mit Piraten und Bettlern über einen Kamm scherte – alles nur ein Haufen Ziegelsteine – wagte ich es, eine Lanze für die Menschheit zu brechen. Ich fragte ihn, weshalb er zwischen ihr und sich einen so großen Unterschied mache. Einen Moment lang fiel es ihm schwer, zu antworten; so als gehe es ihm nicht in den Kopf, wie ich eine so merkwürdige Frage stellen konnte. Dann sagte er:

„Der Unterschied zwischen den Menschen und mir? Der Unterschied zwischen einem Sterblichen und einem Unsterblichen? Zwischen einer Wolke und einem Geist?“ Er nahm eine Blattlaus auf, die an einem Stück Baumrinde entlang krabbelte. „Was ist der Unterschied zwischen der hier und Caesar?“

Ich sagte: „Man kann Dinge nicht vergleichen, die auf Grund ihrer Natur und der Kluft, die zwischen ihnen herrscht, nicht vergleichbar sind.“

„Damit hast du deine Frage selbst beantwortet“, sagte er. „Ich will es etwas näher ausführen. Der Mensch ist aus Dreck gemacht – ich war dabei, als er erschaffen wurde. Ich bin nicht aus Dreck gemacht. Der Mensch ist ein Museum aus Krankheiten, die Wohnstätte aller Verunreinigungen. Heute erscheint er, und morgen ist er schon wieder verschwunden. Als Dreck kommt er, als Gestank geht er. Ich entstamme der Aristokratie der Unvergänglichen. Und der Mensch hat ein moralisches Bewusstsein. Versteht ihr das? Er hat ein moralisches Bewusstsein. Das allein reicht schon aus, um ihn von mir zu unterscheiden.“

Er schwieg, als hätte sich das Thema damit erledigt. Es tat mir leid, denn damals hatte ich nur eine vage Vorstellung von dem, was moralisches Bewusstsein bedeutet. Ich wusste nur, dass wir stolz darauf waren, über ein solches Bewusstsein zu verfügen, und wenn er so darüber sprach, verletzte mich das, und ich fühlte mich wie ein Mädchen, das glaubte, sein teuerster Schmuck werde von jedermann bewundert, dann aber hören musste, wie Fremde sich darüber lustig machten. Eine Zeit lang schwiegen wir alle, und zumindest ich war bedrückt. Dann begann Satan erneut zu plaudern, und schon bald hatte er sich in eine so fröhliche und lebhafte Stimmung hineingesteigert, dass meine Laune wieder stieg. Er berichtete von lustigen Streichen, so dass wir aus dem Lachen nicht mehr herauskamen; und wenn er von den Tagen erzählte, als Samson den Füchsen brennende Fackeln an die Schwänze band und sie auf die Getreidefelder der Philister trieb, oder wie Samson auf dem Zaun saß, sich auf die Schenkel schlug und Tränen lachte, bis er das Gleichgewicht verlor und zu Boden fiel, musste er bei der Erinnerung an diesen Anblick ebenfalls lachen, und wir verbrachten eine herrliche und sorglose Zeit miteinander. Irgendwann aber sagte er:

„Ich muss jetzt meinem Auftrag nachkommen.“

„Ach, bitte nicht!“ riefen wir alle. „Geh nicht weg; bleib bei uns. Du kommst sonst nicht wieder.“

„Natürlich komme ich wieder. Ihr habt mein Wort.“

„Und wann? Heute Nacht noch? Sag schon.“

„Ich bleibe nicht lange weg. Ihr werdet es ja sehen.“

„Wir haben dich gern.“

„Ich euch auch. Und als Beweis dafür will ich euch etwas ganz Tolles zeigen. Normalerweise verschwinde ich einfach, wenn ich gehe; aber diesmal werde ich mich auflösen – und zwar vor euren Augen.“

Er stand auf, und dann ging alles sehr schnell. Er wurde

immer kleiner und kleiner, bis er nur noch eine Seifenblase
war, die aber noch immer seine Gestalt hatte. Man konnte die
Sträucher durch ihn hindurch sehen wie durch eine richtige Seifenblase, und alles an ihm war ein Spiel und Funkeln mit den
schillernden Farben der Blase, und da war auch das kleine Fen-
sterchen, das auf der Oberfläche einer jeden Seifenblase zu sehen ist. Kennt ihr das, dass eine Seifenblase auf dem Teppich
landet und noch zwei- oder dreimal hochhüpft, bevor sie
platzt? Genau das geschah mit ihm. Er sprang, kam auf dem
Gras auf, hüpfte wieder hoch, schwebte ein Stück weiter, kam
wieder auf, und so weiter, bis er schließlich – puff! – zerplatzte
und nichts als Leere zurückließ.

Es war seltsam und wundervoll anzusehen. Wir sagten keine
Silbe, wir saßen nur da und staunten und träumten und zwin-
kerten. Irgendwann schreckte Seppi hoch, seufzte betrübt und
sagte:

„Ich glaube, das haben wir uns alle nur eingebildet."

Nikolaus seufzte auch und sagte ungefähr dasselbe.

Ich litt sehr unter ihren Worten, denn sie zeugten von der
gleichen kalten Angst, die auch in mir vorherrschte. Dann sahen wir den armen alten Pater Petrus auf seinem Rückweg, mit
gebeugtem Haupt, als würde er auf dem Boden nach etwas suchen. Als er bereits dicht in unserer Nähe war und uns sah,
fragte er: „Wie lange seid ihr schon hier, Jungs?"

„Schon eine ganze Weile, Pater."

„Dann wart ihr ja schon hier, als ich das erste Mal
vorbeigelaufen bin. Vielleicht könnt ihr mir dann helfen. Seid
ihr über den Fußweg hierher gekommen?"

„Ja, Pater."

„Das ist gut. Denselben Weg bin ich nämlich auch gegangen. Ich habe meine Brieftasche verloren. Es war nicht viel
drin, aber für mich ist schon wenig eine ganze Menge – es war
alles, was ich hatte. Ihr habt nicht zufällig so was Ähnliches
gesehen?"

„Nein, Pater, aber wir helfen Ihnen gerne suchen.“

„Genau das wollte ich euch fragen. Aber Moment – hier ist sie ja!“

Wir hatten es nicht bemerkt – aber da lag die Brieftasche, genau an dem Ort, wo Satan gestanden hatte, als er geschmolzen war – falls er überhaupt geschmolzen war und wir es uns nicht nur eingebildet hatten. Pater Petrus hob die Brieftasche auf und sah äußerst verblüfft drein.

„Das ist sie“, sagte er. „Aber ich weiß nicht ... sie ist so dick, und meine war doch so flach. Und sie fühlt sich so schwer an ... meine war eher leicht.“ Er öffnete sie, und wir sahen, dass sie überquoll vor Goldmünzen. Der Pater zeigte sie uns fassungslos vor, und natürlich fielen uns fast die Augen aus dem Kopf, denn so viel Geld auf einen Haufen hatten wir nie zuvor gesehen. Es lag uns auf den Lippen, zu sagen: „Das war Satan!“, aber wir kriegten kein Wort hervor. Da zeigte es sich wieder – wir waren nicht in der Lage, das auszusprechen, was Satan nicht ausgesprochen haben wollte; er hatte es uns ja selbst gesagt.

„Sagt mal, Jungs, wart ihr das?“

Über diese Frage konnten wir nur lachen. Und der Pater lachte auch mit, sobald ihm klar wurde, was für eine dämliche Frage es gewesen war.

„War hier sonst noch irgendjemand?“

Darüber mussten wir lachen. Und als er merkte, was für eine idiotische Frage es gewesen war, lachte er sofort mit.

„Wer ist hier gewesen?“

Wir öffneten den Mund, um zu antworten, doch dann erstarrten wir in dieser Pose, denn „Niemand“ konnten wir ja nicht sagen, das wäre eine Lüge gewesen, und eine richtige Antwort fiel uns nicht ein. Dann aber kam mir doch ein brauchbarer Gedanke, und ich sagte:

„Kein Mensch.“

„Das stimmt“, sagten die anderen, dann schwiegen sie sofort

wieder.

„Das stimmt nicht", sagte Pater Petrus und sah uns sehr streng an. „Ich bin hier vorhin schon vorbei gekommen, und es war niemand da, aber das spielt keine Rolle. Es muss inzwischen jemand hier gewesen sein. Das soll nicht heißen, dass ihr hier wart, als diese Person vorbei ging, und es soll auch nicht heißen, dass ihr sie gesehen habt. Aber es ist jemand vorbeigekommen, so viel weiß ich. Und jetzt mal ganz ehrlich – ihr habt niemanden gesehen?"

„Keinen Menschen."

„Das reicht; ich weiß jetzt, dass ihr die Wahrheit sprecht."

Er begann das Geld vom Weg aufzulesen, und wir knieten uns sofort nieder, um ihm zu helfen, und stapelten die Münzen aufeinander.

„Es sind etwa elfhundert Dukaten", sagte er. „Mein Gott! Wäre so schön, wenn sie mir gehören würden – ich könnte sie so gut gebrauchen!" Seine Stimme stockte, und seine Lippen bebten.

„Aber sie gehören Ihnen doch!" riefen wir alle gleichzeitig.

„Jeder einzelne Groschen!"

„Nein, sie gehören mir nicht. Mir gehören nur vier Dukaten – aber der Rest ...!" Er fing an zu träumen, die gute alte Seele, und liebkoste einige der Münzen in seiner Hand und vergaß, wo er war, saß einfach nur da, auf die Fersen gestützt, mit seinem alten grauen Kopf. Es tat uns allen weh, ihn so zu sehen. „Nein", sagte er und erwachte wieder. „Es gehört mir nicht. Ich kann es nicht für mich beanspruchen. Ich glaube, irgendein Feind ... es muss eine Falle sein."

Nikolaus sagte: „Pater Petrus, mal abgesehen vom Astrologen haben Sie doch eigentlich gar keine Feinde hier im Dorf. Und Margit auch nicht. Und welcher Feind oder auch nur Halbfeind würde schon elfhundert Dukaten opfern, nur um Ihnen einen Streich zu spielen? Sagen Sie doch mal ehrlich!"

Diesem Argument musste er sich natürlich stellen, und es

schien ihn aufzuheitern. „Aber es gehört mir nicht, das wisst ihr ja auch – es ist nicht mein Geld. Unter keinen Umständen.“

Er brachte es in sehnsüchtigem Tonfall vor, wie jemand, dem es lieber wäre, dass man ihm widerspräche anstatt ihm zuzustimmen.

„Es gehört Ihnen, Pater Petrus, und wir können es bezeugen. Oder etwa nicht, Kumpels?“

„Klar können wir das. Und dazu werden wir auch stehen.“

„Gott segne euch. Ihr könntet mich fast schon überreden – ach, eigentlich habt ihr mich schon überredet. Wenn nur hundert Dukaten davon mir gehören würden! So hoch ist die Hypothek, die auf unserem Haus liegt, und wenn wir morgen nicht zahlen, bleibt uns kein Dach über dem Kopf. Und diese vier Dukaten sind alles, was wir in letzter Zeit ...“

„Es gehört Ihnen, jede einzelne Münze! Und Sie sollten es sich nehmen – wir bürgen dafür, dass alles seine Ordnung hatte. Tun wir doch, Theodor? Oder etwa nicht, Seppi?“

Wir sagten beide Ja, und Nikolaus stopfte das Geld zurück in die schäbige alte Brieftasche und reichte sie ihrem Besitzer. Der Pater sagte, er wolle sich zunächst nur zweihundert Dukaten davon nehmen, da sein Haus ihm eine gute Sicherheit böte, und den Rest erst einmal zinsbringend anlegen, bis der rechtmäßige Besitzer sich melden würde. Und uns bat er darum, ein Dokument zu unterschreiben, in dem stand, wie er zu dem Geld gekommen sei – ein Dokument, das den Dorfbewohnern als Beweis dienen sollte, dass er seinen Geldsorgen nicht auf unehrliche Weise entkommen sei.

Kapitel IV

Das ganze Dorf redete davon, als Pater Petrus am nächsten Tag seinen Gläubiger Salomon Isaak in Gold ausbezahlte und den Rest des Geldes zinsbringend anlegte. Und auch anderweitig kam es zu einer erfreulichen Wandlung: Viele Leute kamen und gratulierten ihm, und eine Menge alter Freunde, die in letzter Zeit sehr kühl zu ihm gewesen waren, verhielten sich auf einmal wieder nett und zuvorkommend – und das Schönste von allem: Margit wurde zu einem Fest eingeladen.

Und Pater Petrus machte kein Geheimnis aus der Sache, sondern berichtete alles genau so, wie es geschehen war, und sagte, er selbst habe nichts dazu beigetragen, es sei – soweit er es beurteilen könne – einfach das Werk der Vorsehung gewesen.

Manche schüttelten natürlich auch den Kopf und flüsterten hinter hohler Hand, das sehe mehr nach einem Werk Satans aus; und für ein so unwissendes Volk war das gar nicht mal so schlecht geraten. Andere versuchten es auf die hinterlistige Tour und baten uns Jungen, doch „mit der Wahrheit herauszurücken", sie würden es auch niemandem weitersagen, sie wollten es nur ganz privat für sich wissen, da die ganze Sache so seltsam wäre. Einige boten uns sogar Geld dafür an – und am besten wäre es natürlich gewesen, wenn uns irgendeine glaubwürdige Lüge eingefallen wäre, doch dazu waren wir nicht erfinderisch genug, also ließen wir die Gelegenheit sausen, was natürlich jammerschade war.

Wir trugen dieses Geheimnis sorglos mit uns herum – doch das andere, das große, das prächtige Geheimnis loderte in uns weiter. Es brannte so darauf, ausgesprochen zu werden, und auch wir brannten darauf, es auszusprechen und die Leute damit zu verblüffen. Aber wir mussten es für uns behalten; oder besser gesagt: Es behielt sich selbst für uns. Satan hatte es so bestimmt, und so blieb es auch. Jeden Tag waren wir unterwegs und sprachen in den Wäldern, wo wir unter uns waren, über Satan – das einzige Thema, das uns beschäftigte oder interessierte; und Tag und Nacht hielten wir Ausschau nach ihm und hofften, er würde kommen, und unsere Ungeduld wurde immer größer. Die anderen Jungs interessierten uns überhaupt nicht mehr, und wir beteiligten uns nicht mehr an ihren Spielen und Unternehmungen. Sie wirkten so fad, im Vergleich zu Satan; und alles, was sie machten, schien so nichtig und normal im Vergleich zu seinen Abenteuern in der Antike und im Weltall, seinen Wundern und Wandlungen und Wirrungen.

Am ersten Tag machten wir uns wegen einer ganz bestimmten Sache Gedanken, und ständig erschienen wir unter einem anderen Vorwand bei Pater Petrus, um den Dingen auf der Spur zu bleiben. Es ging um die Goldmünze. Wir befürchteten, sie würde bröckeln und zu Staub zerfallen, wie so mancher Taler im Märchen. Aber das geschah nicht. Am Ende des Tages gab es keinerlei Beschwerden, und wir vertrauten nun darauf, dass es echtes Gold war, und vertrieben die Sorge aus unseren Köpfen.

Es gab eine Frage, die wir Pater Petrus unbedingt stellen wollten, und am zweiten Abend tauchten wir schließlich bei ihm auf, ein wenig zögerlich, und wir hatten mit Strohhalmen ausgelost, wer ihm die Frage stellen musste. Die Wahl war auf mich gefallen. Ich versuchte, so beiläufig wie möglich zu klingen, was mir natürlich nicht gelang, weil ich in solchen Dingen ziemlich ungeübt war:

„Was ist das moralische Bewusstsein, Herr Pfarrer?"

Er sah verblüfft über die Ränder seiner großen Brille zu mir herab und sagte: „Nun ja, es ist die Fähigkeit, zwischen Gut und Böse zu unterscheiden."

Das erhellte die Sache ein wenig, aber so richtig geklärt war sie dadurch nicht, und ich fühlte mich irgendwie enttäuscht und in einem gewissen Maße auch beschämt. Er wartete darauf, dass ich weiterfragte, und da mir nichts anderes einfiel, sagte ich: „Ist das etwas Nützliches?“

„Nützlich? Na, du stellst Fragen, mein Junge! Es ist das einzige, das uns Menschen von den Tieren unterscheidet, die einfach verenden. Es ist das einzige, das uns an der Unsterblichkeit teilhaben lässt.“

Darauf fiel mir nun wirklich nichts mehr ein, was ich hätte fragen können, also verabschiedete ich mich zusammen mit den anderen Jungen, und wir gingen mit jenem unbestimmten Gefühl, das man manchmal hat, wenn man sich zwar nicht mehr hungrig fühlt, aber auch nicht satt. Die anderen wollten, dass ich es ihnen erklärte, aber ich war zu müde.

Beim Hinausgehen mussten wir durchs Wohnzimmer, und da war Margit, die am Spinett saß und Marie Lüger eine Stunde gab. Eine der abtrünnigen Schülerinnen war also schon zurückgekehrt – und sogar eine mit Einfluss. Die anderen würden auch noch kommen. Margit sprang auf, stürmte auf uns zu und bedankte sich noch einmal mit Tränen in den Augen dafür, dass wir sie und ihren Onkel davor bewahrt hätten, auf der Straße zu landen, und wieder sagten wir, dass wir es ja gar nicht gewesen seien. Aber das war so ihre Art – wenn sie glaubte, jemand hätte ihr etwas Gutes getan, überschlug sie sich förmlich vor Dankbarkeit, also ließen wir sie reden. Und als wir den Garten durchquerten, saß dort Wilhelm Meidling und wartete, um Margit nach Beendigung der Musikstunde zu fragen, ob sie nicht mit ihm am Fluss spazieren gehen wolle. Er war ein junger Anwalt, der ziemlich erfolgreich war und sich seinen Weg Stück für Stück nach oben bahnte. Er mochte Margit sehr gern, und sie ihn auch. Er hatte sich nicht von ihr abgewandt wie die anderen, sondern fest zu ihr gehalten. Und seine Standhaftigkeit war an Margit und ihren Onkel bestimmt nicht verschwendet. Er war nicht besonders talentiert, aber er sah gut aus und war ein liebenswerter Bursche, und das sind eben Talente von ganz anderer Art, die einem auch weiterhelfen. Er fragte uns, wie weit die beiden mit ihrer Musikstunde seien, und wir sagten ihm, sie wären gleich fertig. Vielleicht stimmte das ja auch; wir hatten keine Ahnung, aber wir wussten, dass ihm diese Antwort gefallen würde, und sie gefiel ihm auch, und sie hatte uns nichts gekostet.

Kapitel V

Am vierten Tag kam der Astrologe von seinem baufälligen alten Turm herab ins Tal. Wahrscheinlich waren auch ihm die Neuigkeiten zu Ohren gekommen. Er nahm uns ins Gebet, und wir erzählten ihm alles, was wir konnten, weil wir eine Heidenangst vor ihm hatten. Er saß da und sinnierte eine Zeit lang vor sich hin, dann fragte er:

„Wie viele Dukaten waren es noch mal?"

„Elfhundert und sieben, mein Herr."

Dann sagte er, als würde er mit sich selbst sprechen: „Das ist schon sehr, sehr außergewöhnlich. Ja ... äußerst seltsam. Ein merkwürdiger Zufall." Dann begann er uns wieder zu fragen, fing noch einmal ganz von vorne an, und wir gaben ihm Antwort. Irgendwann sagte er: „Elfhundert und sechs Dukaten. Eine gewaltige Summe."

„Sieben", korrigierte ihn Seppi.

„Ach, sieben waren es? Na ja, auf eine Dukate mehr oder weniger kommt es hier nicht an, aber vorhin habt ihr elfhundert und sechs gesagt."

Es wäre für uns wohl nicht so ratsam gewesen, ihm zu sagen, dass er sich irrte, aber wir wussten, dass es so war. „Tut uns leid", sagte Nikolaus, „War wohl unser Irrtum. Wir wollten natürlich sieben sagen."

„Nicht weiter wichtig, mein Junge; mir ist die Unstimmigkeit nur aufgefallen. Es ist ja auch schon ein paar Tage her, da kann man nicht erwarten, dass ihr euch so genau erinnert. Man kommt leicht durcheinander, wenn nicht irgendein Grund dafür vorliegt, dass man sich die genaue Zahl merkt."

„Es gab aber einen Grund, mein Herr", platzte es aus Seppi heraus.

„Und was für ein Grund war das, mein Sohn?" fragte der Astrologe gleichgültig.

„Zuerst zählten wir alle die Münzen in dem Stapel, einer

nach dem anderen, und alle kamen wir auf elfhundert und
sechs. Aber ich hatte zum Spaß eine rausgleiten lassen, als wir
mit Zählen begannen, und jetzt ließ ich sie wieder hineingleiten
und sagte: 'Ich glaube, wir haben nicht richtig gezählt – es
müssen elfhundert und sieben sein. Fangen wir noch mal an.'
Das taten wir, und natürlich stimmte es. Sie waren ziemlich erstaunt; dann verriet ich ihnen, wie es gekommen war.“

Der Astrologe fragte uns, ob das wahr sei, und wir bestätigten es.

„Das erklärt die Sache“, sagte er. „Ich weiß jetzt, wer der
Dieb ist. Kinder, das Geld ist gestohlen.“

Nach diesen Worten ging er, und wir waren äußerst verwirrt
und rätselten herum, was er meinen könnte. Doch noch ehe eine Stunde vergangen war, wussten wir Bescheid; denn inzwischen redete das ganze Dorf davon, dass Pater Petrus verhaftet
worden war, da er dem Astrologen eine große Summe Geld gestohlen habe. Alle schwangen sie auf einmal große Reden. Viele sagten, so etwas sei gar nicht Pater Petrus' Art, es müsse sich
um einen Irrtum handeln; aber die meisten schüttelten nur den
Kopf und sagten, Armut und Not könnten einen Menschen anscheinend zu allem verleiten. Und in einem Punkt waren sie
sich alle einig: Dass Pater Petrus' Geschichte, wie er zu dem
Geld gekommen sei, nicht glaubwürdig sei – sie klinge fast
unmöglich. Dem Astrologen könnte so etwas Wundersames
vielleicht widerfahren, sagten sie, aber Pater Petrus? Niemals.
Und allmählich gerieten auch wir in ein schlechtes Licht –
schließlich waren wir des Paters einzige Zeugen, und wer könne schon wissen, wie viel er uns gezahlt habe, damit wir seine
seltsame Lügengeschichte bestätigten? Manche Leute sagten
uns solche Dinge schamlos ins Gesicht, und wenn wir sie baten, doch zu glauben, dass wir tatsächlich die Wahrheit sprachen, folgte nicht als Spott. Und unsere Eltern setzten uns noch
schwerer zu. Unsere Väter sagten, wir brächten die Familie in
Verruf, und sie erteilten uns den Befehl, uns von unseren Sün-

den zu reinigen, und wenn wir daraufhin beteuerten, wir hätten doch die Wahrheit gesagt, kannte ihr Zorn keine Grenzen. Unsere Mütter weinten wegen uns und flehten uns an, unsere Schmiergelder zurückzugeben, unsere Namen zu rehabilitieren, unsere Familien vor Schmach und Schande zu bewahren, und einfach alles zu gestehen. Und irgendwann waren wir so bekümmert und zermürbt, dass wir nahe davor waren, alles auszuplaudern, über Satan und alles – aber nein, es ging ja nicht. Die ganze Zeit hofften wir sehnsüchtig darauf, Satan würde zurückkehren und uns aus der Misere helfen, aber wir sahen und hörten nichts von ihm.

Schon eine Stunde nachdem der Astrologe mit uns gesprochen hatte, saß Pater Petrus im Gefängnis, und das Geld war längst versiegelt und an die Strafbehörden weitergegeben worden. Es befand sich in einer Tasche, und Salomon Isaak gab an, es nicht mehr angerührt zu haben, seit er es gezählt hatte; er legte einen Eid ab, dass es sich um das gleiche Geld handle, und dass der Betrag sich auf 1107 Dukaten belaufe. Pater Petrus beantragte ein Verfahren vor dem Kirchengericht, doch unser anderer Priester, Pater Adolf, wandte ein, ein Kirchengericht sei für Priester, die ihres Amtes enthoben worden waren, nicht zuständig. Der Bischof unterstützte ihn dabei. Damit war die Sache erledigt; der Fall würde am Zivilgericht behandelt werden, das jedoch erst einige Zeit später wieder tagen sollte. Wilhelm Meidling würde als Verteidiger von Pater Petrus in Erscheinung treten und natürlich sein Bestes tun, doch ganz im Vertrauen erzählte er uns, dass die Chancen schlecht stünden. Die Gegenpartei sei einfach zu mächtig und habe zu viele Vorurteile.

So starb Margits neues Glück eines raschen Todes. Es kamen keine Freunde, um ihr Mitgefühl zu bekunden, was jedoch auch niemand erwartete: Eine nicht unterzeichnete Mitteilung machte ihre Einladung zu dem Fest wieder rückgängig. Es kamen auch keine Schüler mehr, um Stunden bei ihr zu nehmen.

Wie sollte sie sich über Wasser halten? Sie hätte im Haus bleiben können, denn die Hypothek war bezahlt, obwohl es im Augenblick die Regierung und nicht der arme Salomon Isaak war, die Zugriff auf das Geld hatte. Die alte Ursula – Pater Petrus' Köchin, Zimmermädchen, Haushälterin, Wäschefrau und alles Mögliche sonst – sagte, Gott werde schon dafür sorgen. Aber das sagte sie nur aus Gewohnheit, weil sie eine gute Christin war. Was sie wirklich meinte, war, dass sie Gott sicherheitshalber unterstützen würde, sofern ihr etwas einfiel.

Wir Jungs hätten Margit gerne besucht und ihr unsere Sympathie bekundet, doch unsere Eltern fürchteten, wir könnten die Gemeinde damit beleidigen und verboten es uns. Der Astrologe stiefelte herum, hetzte jeden gegen Pater Petrus auf und nannte ihn einen gottverlassenen Dieb, der ihm 1107 Golddukaten gestohlen habe. Er sagte, er sei sich deshalb so sicher, da es sich um genau die Summe handle, die ihm fehle und von der Pater Petrus behauptete, er hätte sie „gefunden". Am Nachmittag des vierten Tages nach der Katastrophe erschien die alte Ursula bei uns zu Hause und fragte, ob wir etwas zu waschen hätten, bat jedoch meine Mutter, kein Wort darüber zu verlieren, um Margits Stolz zu wahren, die dieses Unternehmen sofort untersagt hätte, wenn ihr etwas davon zu Ohren gekommen wäre, auch wenn sie kaum etwas zu essen hatte und immer schwächer wurde.

Ursula selbst wurde auch immer schwächer, aber sie verbarg es nicht und stürzte sich wie eine Verhungernde auf die Speisen, die man ihr anbot. Mit nach Hause nehmen jedoch wollte sie nichts davon, da Margit sich weigern würde, von milden Gaben zu leben. Sie nahm ein paar Kleidungsstücke mit hinunter zum Fluss, um sie zu waschen, doch wir sahen vom Fenster aus, dass sie viel zu schwach war, um mit dem Waschbrett klarzukommen; also riefen wir sie zurück und boten ihr ein wenig Geld an, das sie erst nicht annehmen wollte, da Margit sonst Verdacht schöpfen könnte; schließlich aber nahm sie es doch und sagte, sie würde behaupten, es auf der Straße gefunden zu haben. Um sich nicht einer Lüge schuldig zu machen und ihre Seele der Verdammnis anheimzugeben, bat sie mich, das Geld tatsächlich irgendwo fallen zu lassen. Dann ging sie hin und fand es, jubelte vor Überraschung und Freude, hob es auf und ging ihrer Wege. Wie allen anderen Dorfbewohnern gingen ihr Alltagslügen recht rasch über die Lippen, ohne dass sie irgendwelche Vorkehrungen gegen Feuer und Schwefel treffen zu müssen glaubte; dies aber war eine neue Art von Lüge, und sie erschien ihr gefährlich, da sie darin noch keine Erfahrung hatte. Schon nach einer Woche Übung hätte es ihr keine Probleme mehr bereitet. So ist es bei uns im Dorf nun einmal.

Ich war in Aufruhr. Wie sollte Margit überleben? Ursula konnte nicht jeden Tag eine Münze am Straßenrand finden – vielleicht nicht mal mehr ein zweites Mal. Außerdem schämte ich mich, dass ich nicht bei Margit gewesen war, wo sie doch Freunde jetzt so dringend brauchte; aber das war nicht meine Schuld, sondern die meiner Eltern, und ich konnte auch nichts dagegen tun.

Ich ging den Weg entlang, fühlte mich äußerst niedergeschlagen, als plötzlich ein heiteres und prickelndes, ja belebendes Gefühl mich durchströmte, und ich mich zu glücklich fühlte, um irgendetwas zu sagen, da ich wusste: Es war ein Zeichen, dass Satan bei mir war. Ich kannte dieses Gefühl bereits. Im nächsten Moment lief er schon an meiner Seite, und ich berichtete ihm von all meinen Sorgen und erzählte ihm, was Margit und ihrem Onkel widerfahren war. Während wir sprachen, kamen wir an eine Biegung, und da sahen wir die alte Ursula im Schatten eines Baumes sitzen, mit einem mageren Kätzchen auf ihrem Schoß, das sie streichelte. Ich fragte sie, wo das Kätzchen herkam, und sie sagte, es sei aus dem Wald gekommen und ihr nachgelaufen; wahrscheinlich sei es mutterlos und habe auch keine Freunde, deshalb werde sie es mit nach Hause nehmen und es pflegen. Satan sagte:

„Ich habe mitbekommen, dass Sie sehr arm sind. Wozu ein weiteres Mäulchen füttern? Warum geben Sie das Tier nicht irgendeiner reichen Person?"

Ursula reagierte mit Unmut und sagte: „Vielleicht wollen Sie es ja haben. Sie haben so vornehme Kleider und sehen so stolz aus, da müssen Sie bestimmt reich sein." Dann schnaubte sie und sagte: „Den Reichen geben – was für eine Schnapsidee! Die Reichen kümmern sich um niemanden außer sich selbst; nur die Armen haben Mitgefühl mit den Armen und helfen ihnen. Nur die Armen – und Gott. Gott wird für dieses Kätzchen sorgen."

„Wer sagt Ihnen das?"

Ursulas Augen funkelten vor Zorn. „Ich weiß es ganz einfach!" sagte sie. „Es fällt kein Sperling auf die Erde, ohne dass Er es sieht."

„Auf die Erde aber fällt er trotzdem. Wem nützt es, wenn jemand es sieht?"

Die Backenknochen der alten Ursula begannen zu mahlen, doch im Moment brachte sie vor Entsetzen kein Wort hervor. Sobald sie jedoch ihre Sprache zurückgewonnen hatte, brach es aus ihr hervor: „Kümmere dich um deinen eigenen Kram, du Schnösel, sonst gibt es Prügel mit dem Stock!" Ich brachte kein Wort hervor. Ich hatte solche Angst. Ich wusste ja, wie Satan sich über die menschliche Rasse geäußert hatte, und dass es für ihn eine Kleinigkeit gewesen wäre, sie tot umfallen zu lassen, da es von ihrer Art ja „noch viele andere" gab; doch meine Zunge war wie gelähmt, und es gelang mir nicht, sie zu warnen. Aber nichts geschah; Satan blieb gelassen – gelassen und gleichgültig. Ich nehme an, Ursula hätte ihn nicht mehr beleidigen können als ein Mistkäfer einen König. Die alte Frau sprang auf ihre Beine, während sie redete, und war dabei so flink wie ein junges Mädchen. Es musste schon Jahre zurückliegen, dass ihr so etwas zum letzten Mal gelungen war. Das lag an Satans Einfluss; er war für die Schwachen und Kranken wie eine frische Brise, wo auch immer er herkam. Seine Gegenwart wirkte sich sogar auf das magere Kätzchen aus, und es hüpfte zu Boden und jagte hinter einem Laubblatt her. Darüber war Ursula verblüfft, und sie sah dem kleinen Geschöpf zu, nickte verwundert mit dem Kopf, und ihr Zorn war so gut wie vergessen.

„Was ist mit ihm geschehen?" sagte sie. „Vor ein paar Minuten konnte es kaum laufen."

„Sie haben bisher noch keine Katze von dieser Art gesehen" sagte Satan.

Ursula hatte nicht vor, nett zu dem spöttischen Fremden zu sein. Sie warf ihm einen unfreundlichen Blick zu und konterte: „Wer hat dich gebeten, hierher zu kommen und mich zu belästigen? Kannst du mir das sagen? Und woher willst du wissen, was ich in meinem Leben schon gesehen habe und was nicht?"

„Auf jeden Fall haben Sie noch keine Katze gesehen, deren Haare auf der Zunge nach vorne gerichtet sind, oder?"

„Nein – du aber auch nicht."

„Na, dann gucken Sie sich die Katze doch einmal genau an." Ursula, inzwischen ziemlich flink, wollte nach der Katze greifen und sie einfangen. Die aber war noch flinker, und schon bald gab die Frau es auf. Dann sagte Satan:

„Geben Sie ihr doch einen Namen. Vielleicht kommt sie dann."

Ursula probierte verschiedene Namen aus, doch die Katze zeigte kein Interesse.

„Nennen Sie sie doch mal Agnes. Versuchen Sie es einfach."

Auf diesen Namen reagierte das Tier und kam heran. Ursula untersuchte seine Zunge. „Lieber Himmel, das stimmt ja wirklich!" sagte sie. „Eine solche Katze habe ich noch nie gesehen. Gehört sie dir?"

„Nein."

„Woher wusstest du dann so genau, auf welchen Namen sie hören wird?"

„Weil Katzen von dieser Art alle Agnes heißen; auf einen anderen Namen reagieren sie nicht."

Ursula war beeindruckt. „So etwas Wunderbares habe ich noch nie erlebt!" Dann überschattete eine Spur von Zweifel ihr Gesicht, ihr Aberglaube erwachte wieder, und zaghaft setzte sie das Tier am Boden ab. „Ich glaube, ich muss mich von ihr trennen. Nicht, dass ich Angst hätte, das ist es nicht ... aber der Priester ... na ja, ich habe von Leuten gehört ... von vielen Leuten ... Und außerdem geht es ihr ja jetzt gut, und sie kann für sich selbst sorgen." Sie seufzte, wandte sich um und wollte gehen, dann murmelte sie: „Es ist so ein hübsches Kätzchen, und sie wäre eine so wunderbare Hausgenossin – gerade jetzt, in diesen trüben Tagen, wo alles so traurig ist und einsam ... und Fräulein Margit so schwermütig ist, und der alte Herr im Gefängnis sitzt."

„Es wäre ein Jammer, wenn Sie sie nicht behalten würden", sagte Satan.

Ursula drehte sich rasch herum – als hoffte sie, jemand würde ihr Mut zusprechen.

„Warum?" fragte sie sehnsuchtsvoll.

„Weil diese Art von Katzen Glück bringt."

„Wirklich? Stimmt das? Junger Mann, bist du dir sicher, dass das wahr ist? Diese Katzen bringen Glück?"

„Nun, auf jeden Fall bringen sie Geld."

Ursula guckte enttäuscht drein. „Geld? Eine Katze, die Geld bringt? Was für eine Schnapsidee! Sie würden hier in der Gegend nie einen Käufer für sie finden; die Leute hier kaufen keine Katzen; ja, sie nehmen sie meist nicht mal umsonst." Sie schickte sich an, zu gehen.

„Vom Verkaufen war auch nicht die Rede. Nein, sie können sich damit Ihren Lebensunterhalt verdienen. Diese Katzen nennt man Glückskatzen. Wer eine davon besitzt, findet jeden Morgen vier Silbergroschen in seiner Tasche."

Ich sah, wie sich im Gesicht der alten Frau Verärgerung breit machte. Sie war beleidigt. Dieser Junge machte sich über sie lustig; so glaubte sie jedenfalls. Sie stieß die Hände in die Taschen und warf den Kopf zurück, um diesem Fremden gehörig die Meinung zu sagen. Sie war bis aufs Äußerste erregt und aufgebracht. Ihre Lippen öffneten sich und formten die ersten drei Worte einer bitteren Bemerkung ... dann verstummte sie, und der Zorn in ihren Zügen verwandelte sich in Verblüffung, in Verwunderung, in Angst sogar, und ganz langsam zog sie die Hände aus den Taschen, öffnete sie und verharrte in dieser Haltung. In der einen davon lag mein Geldstück, in der anderen vier Silbergroschen. Sie starrte die Münzen eine Zeit lang an, als warte sie darauf, dass sie wieder verschwinden würden; dann rief sie voll Inbrunst:

„Es stimmt – meine Güte, es stimmt – und ich bin jetzt beschämt und bitte um Vergebung, oh großer Meister und Wohltäter!" Dann rannte sie auf Satan zu und küsste seine Hand, immer und immer wieder, wie es in Österreich Brauch ist.In ihrem Herzen dachte sie wahrscheinlich, es handle sich um eine Hexenkatze und einen Beauftragten des Teufels; doch wie auch immer, das Tier konnte ihr auf jeden Fall dabei helfen, ihren Vertrag einzuhalten und der Familie jeden Tag ein lebenswertes Leben zu bescheren, denn wenn es um finanzielle Dinge geht, würde in unserer Gegend selbst der frömmste Bauer einer Übereinkunft mit dem Teufel mehr vertrauen als dem mit einem Erzengel. Ursula lief heimwärts, mit Agnes in den Armen, und ich sagte, ich hätte gern das gleiche Recht wie sie, mich mit Margit zu treffen.

Dann schnappte ich nach Luft, denn wir waren bereits dort, in ihrem Wohnzimmer, und Margit stand da und blickte uns erstaunt an. Sie sah schwach und blass aus, aber ich wusste: In Satans Gegenwart würde das nicht lange so bleiben, und genauso war es auch. Ich stellte ihr Satan vor – ich meine natürlich, Philipp Traum – und wir setzten uns und redeten. Da gab es keine Zwänge – wir waren einfache Leute, waren in unserem

Dorf, und wenn ein Fremder sich als angenehme Person erwies, war man schon bald gut Freund mit ihm. Margit wunderte sich darüber, wie wir zu ihr hineingelangt waren, ohne dass sie uns gehört hatte. Traum sagte, die Tür habe offengestanden, und wir seien hereingekommen und hätten gewartet, bis sie sich umdrehen und uns begrüßen würde. Das stimmte natürlich nicht; keine einzige Tür war offen gewesen; wir waren durch die Wände gedrungen, oder durchs Dach, oder durch den Schornstein, oder wie auch immer; aber egal, wenn Satan wollte, dass irgendeine Person etwas glaubte, dann glaubte sie das auch, also gab Margit sich mit seiner Erklärung völlig zufrieden.

Und dann waren ihre Gedanken ohnehin nur noch mit Traum beschäftigt; sie konnte den Blick nicht von ihm abwenden, er war einfach so schön. Das erfreute mich und machte mich stolz. Ich hoffte, er würde sich ein bisschen zur Schau stellen, doch das tat er nicht. Das einzige, worum es ihm anscheinend ging, war nett zu sein und Lügen zu erzählen. Er sagte, er sei ein Waisenkind. Das erregte Margits Mitgefühl, und sie bekam feuchte Augen. Er sagte, er habe seine Mama nie kennen gelernt; sie sei verstorben, als er noch ein ganz junges Ding war; und sein Papa, ach je, der sei gesundheitlich so angeschlagen, und er habe so gut wie keinerlei Besitz, keins der irdischen Güter – aber da gebe es einen Onkel, der Geschäftsmann in den Tropen und sehr wohlhabend sei, da er ein Monopol habe, und dieser Onkel würde ihn unterstützen. Allein die Erwähnung eines netten Onkels erinnerte Margit an ihren eigenen, und wiederum füllten sich ihre Augen mit Tränen. Sie hoffe, so sagte sie, ihre beiden Onkels würden sich eines Tages begegnen. Mich fröstelte. Philipp sagte, das hoffe er auch; und mich fröstelte wieder.

„Na, vielleicht wird ja was draus“, sagte Margit. „Reist dein Onkel viel durch die Welt?“

„Oh ja, er ist dauernd unterwegs. Hat überall Geschäfte zu

erledigen."

Und so plauderten sie immer weiter, und die arme Margit vergaß ihren Kummer für eine Weile. Vermutlich war es das erste Mal seit geraumer Zeit, dass sie wieder mal eine Stunde lang fröhlich war. Ich merkte, dass sie Philipp mochte, und das war mir klar gewesen. Als er ihr erzählte, er würde für das Pfarramt studieren, mochte ihn sie ihn sogar noch lieber als zuvor. Und als er dann noch versprach, er werde sich darum kümmern, dass sie ihren Onkel im Gefängnis besuchen dürfe, war das Eis zwischen ihnen völlig gebrochen. Er sagte, er werde den Aufsehern ein kleines Geschenk machen, aber sie dürfe nur nach Einbruch der Dunkelheit dorthin gehen und kein Wort sagen, „nur beim Hineingehen dieses Schriftstück vorzeigen, und beim Herausgehen auch wieder". Dann kritzelte er ein paar seltsame Zeichen auf einen Zettel und gab ihn ihr. Sie strömte über vor lauter Dankbarkeit und fieberte förmlich der Stunde entgegen, zu der die Sonne unterging; denn in diesen alten, erbarmungslosen Zeiten war es Strafgefangenen nicht erlaubt, ihre Freunde zu empfangen, und manchmal saßen sie jahrelang im Gefängnis, ohne dass sie ein freundliches Gesicht zu sehen bekamen. Ich schätzte, die Zeichen auf dem Papier waren eine Art Zauberspruch, und dass die Aufseher nicht wissen würden, was sie taten, und sich nachher wahrscheinlich auch an nichts erinnern konnten – und damit lag ich völlig richtig. Jetzt steckte Ursula den Kopf zur Tür herein und sagte:

„Das Abendessen ist fertig, junge Dame." Dann sah sie uns und wirkte erschrocken, gab mir einen Wink, ihr zu folgen, was ich auch tat, dann fragte sie mich, ob wir Margit etwas von der Katze erzählt hätten. Ich sagte Nein, und sie war erleichtert, und bat darum, nicht darüber zu sprechen; denn falls Fräulein Margit es erfahre, würde sie vielleicht denken, es sei eine unheilige Katze und würde einen Priester kommen lassen, der sie reinigen und ihr die erstaunlichen Gaben austreiben würde, und dann spränge kein Geld mehr dabei heraus. Ich versprach ihr, nichts davon weiterzusagen, und sie war zufrieden. Nun wollte ich mich von Margit verabschieden, aber Satan unterbrach mich und sagte – höflich wie immer – nun, ich weiß nicht mehr genau, was er sagte, jedenfalls lief es darauf hinaus, dass er sich und auch mich bei Margit selbst zum Abendessen einlud. Natürlich war es Margit furchtbar peinlich, da sie keinen Grund hatte zu glauben, es sei auch nur so viel da, um einen kranken Vogel satt zu machen. Ursula hörte ihn sprechen, und sie kam herein und war überhaupt nicht erfreut. Zunächst staunte sie darüber, dass Margit eine so frische und gesunde Gesichtsfarbe hatte; dann begann sie, in ihrem böhmischen Dialekt zu sprechen, und sagte (wie ich nachher erfuhr): „Schicken Sie ihn weg, Fräulein Margit; wir haben nicht genügend Vorräte.“

Ehe Margit antworten konnte, ergriff Satan das Wort, und er antwortete Ursula ebenfalls in ihrer Mundart, was sowohl sie als auch ihre Herrin verblüffte. „Bin ich Ihnen nicht vorhin auf der Straße begegnet?“ fragte er.

„Doch, mein Herr.“

„Ah, freut mich, dass Sie sich an mich erinnern.“ Er trat auf sie zu und flüsterte: „Ich sagte Ihnen doch, das ist eine Glückskatze. Machen Sie sich also keine Gedanken; es ist für alles gesorgt.“

Dadurch waren Ursulas Sorgen wie weggeblasen, und in ihren Augen schimmerte die Freude darüber, genug Geld zu haben. Der Wert der Katze stieg. Es war höchste Zeit für Margit, auf Satans Einladung zu reagieren, und sie tat es auf die beste, ehrlichste und für sie typischste Weise: Sie sagte, sie habe zwar nicht viel anzubieten; falls wir aber mit ihr teilen wollten, seien wir herzlich willkommen.

Wir versammelten uns in der Küche, wo Ursula am Tisch stand und wartete. Ein kleiner Fisch lag in der Pfanne, knusprig und braun und duftend, und man konnte es Margit ansehen, dass sie ein solch ansehnliches Mahl nicht erwartet hatte. Ursula brachte den Fisch, und Margit teilte ihn zwischen Satan und mir auf, weigerte sich jedoch, sich selbst davon zu bedienen.

Sie wollte gerade sagen, ihr sei heute einfach nicht nach Fisch zumute, kam aber nicht dazu, ihren Satz zu Ende zu sprechen, denn schon sah sie, dass ein zweiter Fisch in der Pfanne erschienen war.

Sie sah überrascht drein, sagte aber nichts. Vermutlich plante sie, Ursula später darüber auszufragen. Aber es folgten noch weitere Überraschungen: Fleisch und Wild und Wein und Früchte – lauter Sachen, die den Bewohnern dieses Hauses in letzter Zeit fremd geworden waren. Doch Margit stieß keine Jubelrufe aus und sah inzwischen sogar aus, als wäre das alles ganz normal, was natürlich an Satans Einfluss lag. Satan redete viel, er war unterhaltsam und sorgte dafür, dass die Zeit auf angenehme Weise und wie im Flug verging. Und auch wenn er eine Menge log, meinte er es auf keinen Fall böse – er war nun mal ein Engel und wusste es nicht besser. Engel wissen richtig und falsch nicht zu unterscheiden; das wusste ich, weil er mir davon erzählt hatte.

Er gewann Ursulas Zuneigung. Er lobte sie gegenüber Margit, natürlich ganz im Vertrauen, aber laut genug, damit Ursula es hören konnte. Er nannte sie eine wunderbare Frau und sagte, er hoffe, ihre beiden Onkels würden sich eines Tages begegnen. Schon bald kokettierte und lächelte Ursula wie ein kleines naives Mädchen, glättete andauernd ihr Kleid mit den Fingern, gebärdete sich wie eine eitle alte Glucke und tat so, als würde sie nicht hören, was Satan sagte. Ich schämte mich – denn es machte deutlich, wofür Satan uns hielt: Ein dümmliches und einfältiges Geschlecht. Satan sagte, sein Onkel gebe viele Gesellschaften, und durch eine kluge Frau, die all jene Festlichkeiten leitete, würden diese Zusammenkünfte doppelt so attraktiv werden.

„Aber Ihr Onkel ist ein Ehrenmann, oder?" fragte Margit.

„Ja", sagte Satan gleichgültig. „Manche nennen ihn sogar einen Prinzen, aus Anerkennung, aber für ihn haben Titel keine

Bedeutung, ihm kommt es nur auf persönliche Verdienste an.“

Meine Hand hing von meinem Stuhl herab. Agnes kam und leckte sie; und auf diese Weise gelang es mir, ein Geheimnis zu entschlüsseln. „Es ist alles nur ein Irrtum“, wollte ich sagen. „Das ist eine ganz normale und gewöhnliche Katze; die kleinen Härchen auf ihrer Zunge zeigen nach innen, nicht nach außen.“ Aber die Worte wollten mir nicht über die Lippen kommen – es ging einfach nicht. Satan lächelte mir zu, und ich verstand.

Als es dunkel wurde, steckte Margit Speisen und Wein und Früchte in einen Korb und eilte damit zum Gefängnis, während Satan und ich zu mir nach Hause liefen. Wie gern, so dachte ich bei mir, hätte ich gesehen, wie es in dem Gefängnis aussah; Satan schnappte meinen Gedanken auf, und einen Augenblick später standen wir im Gefängnis. Wir befänden uns in der Folterkammer, sagte Satan – da waren die Streckbank und all die anderen Instrumente, und an den Wänden hingen ein oder zwei verrußte Laternen, die dem Ort ein düsteres und bedrohliches Aussehen verliehen.

Es waren verschiedene Leute und Scharfrichter da, aber da sie uns nicht bemerkten, vermutete ich, dass wir wohl unsichtbar waren. Vor uns lag ein junger Mann in Fesseln, und Satan sagte, er werde der Ketzerei verdächtigt, und die Scharfrichter würden ihn jetzt ins Verhör nehmen. Sie forderten den Mann auf, ein Geständnis abzulegen, doch er antwortete, das könne er nicht, da er unschuldig sei. Dann trieben sie einen Holzsplitter nach dem anderen unter seine Nägel, und er brüllte vor Schmerzen. Satan störte das nicht, aber ich konnte das nicht mit ansehen und musste so schnell wie möglich raus. Mir war schlecht und schwindlig, aber die frische Luft tat mir gut, und wir liefen wieder zu mir nach Hause. Ich sagte, so etwas Tierisches hätte ich noch nie gesehen.

„Nein, es war nicht tierisch, es war menschlich. Du solltest die Tiere nicht beleidigen, indem du ein solches Wort verwendest; sie haben es nicht verdient.“ Dann sagte er: „Es ist deine erbärmliche Spezies – die immerzu lügt, sich immerzu mit Tugenden schmückt, die sie nicht hat, und sie den höheren Tieren immerzu abspricht, die als einzige über diese Tugenden verfügen. Tiere sind niemals grausam. Grausamkeit ist das Monopol derjenigen, die über ein moralisches Bewusstsein verfügen. Wenn ein Tier einer anderen Kreatur Schmerzen zufügt, so tut es das, ohne es zu wissen; es handelt nicht falsch; denn so etwas wie falsch gibt es für ein Tier nicht. Es fügt anderen keine Schmerzen zu, weil es Spaß daran hat – das tun nur die Menschen. Und schuld daran ist ihr moralisches Bewusstsein – dieser Bastard! Ein Bewusstsein, das darüber bestimmen möchte, was richtig ist und was falsch, und dem es frei steht, für was von beiden es sich entscheidet. Nun, welchen Vorteil hat der Mensch davon? Er ist ständig dabei, sich zu entscheiden, und in neun von zehn Fällen entscheidet er sich für das Falsche. So etwas wie das Falsche sollte gar nicht existieren; und es könnte auch nicht existieren, wenn es kein moralisches Bewusstsein gäbe. Und trotzdem ist der Mensch eine so vernunftlose Kreatur, dass ihm entgeht, wie das moralische Bewusstsein ihn auf die niederste Ebene alles Lebenden herabstuft, und wie schändlich es ist, so etwas zu besitzen. Geht es dir besser? Dann zeige ich dir jetzt was.“

Kapitel VI

Ein Moment nur, und schon waren wir in einem französischen Dorf. Wir liefen durch irgendeine große Fabrik, wo Männer und Frauen und kleine Kinder sich abrackerten, während alles heiß und schmutzig und von einem Staubnebel bedeckt war. Die Arbeiter waren in Lumpen gekleidet, und ausgezehrt von ihrer Fron, erschöpft und halb verhungert, schwach und übermüdet. Satan sagte:

„Wieder ein Beispiel für moralisches Bewusstsein. Die Fabrikeigentümer sind reich und sehr fromm; doch das Geld, das sie für diese armen Brüder und Schwestern ausgeben, reicht gerade aus, damit sie vor Hunger nicht tot umfallen. Es wird vierzehn Stunden am Tag gearbeitet, im Sommer wie im Winter – von sechs Uhr morgens bis acht Uhr abends. Das sind die Arbeitszeiten, auch für die kleinen Kinder. Jeden Tag legen sie von den Schweineställen, in denen sie hausen, einen Fußweg von vier Meilen zurück, durch Schlamm und Morast, bei Regen, Schnee, Hagel oder Sturm, Tag für Tag, jahrein, jahraus. Sie schlafen nicht mehr als vier Stunden. Sie drängen sich zusammen, drei Familien in einem Zimmer, bei unvorstellbarem Dreck und Gestank; dann werden sie krank und sterben dahin wie die Fliegen. Haben sie ein Verbrechen begangen, diese räudigen Geschöpfe? Nein. Was haben sie also getan, damit sie derart bestraft werden? Gar nichts. Ihr einziger Fehler war es, in diese törichte Spezies hineingeboren zu werden. Du hast gesehen, wie sie im Gefängnis mit Übeltätern umgehen. Hier siehst du nun, wie sie mit den Unschuldigen und Wertvollen umspringen. Handelt diese Spezies irgendwie folgerichtig? Nein. Geht es diesen übelriechenden Unschuldigen auf irgendeine Weise besser als jenem Ketzer? Ganz bestimmt nicht. Die Strafe, die er empfängt, ist ein Nichts im Vergleich zu dem, was diese Menschen erdulden müssen. Sie haben ihn gerädert und zu Brei geschlagen, nachdem wir weg waren. Jetzt ist er tot und der Spezies Mensch für immer entkommen. Diese armen Sklaven jedoch sterben schon seit Jahren, und manche von ihnen werden noch jahrelang warten müssen, bis sie von diesem Leben erlöst werden. Es ist das moralische Bewusstsein, das die Fabrikbesitzer glauben macht, sie könnten Richtig und Falsch unterscheiden. Das Ergebnis siehst du ja. Sie halten sich für besser als Hunde. Ach, ihr seid so eine unlogische, verständnislose Rasse! Und armselig – ich kann es gar nicht in Worte fassen!"

Dann verließ ihn sein Ernst, und er konnte gar nicht mehr damit aufhören, sich über uns lustig zu machen, über unser kämpferisches Handeln und unsere große Helden und unseren unvergänglichen Ruhm, unsere mächtige Könige, unsere alten Adelshäuser, unsere altehrwürdige Geschichte – und er lachte und lachte, bis man sein Gelächter fast nicht mehr ertragen konnte. Schließlich fasste er sich ein wenig und sagte: „Es ist leider nicht alles nur lustig; es hat auch etwas Mitleiderregendes an sich, zu sehen, wie begrenzt euer Leben ist, wie kindisch euer Gepränge, und was für Schattengebilde ihr seid!"

Sofort schwanden all jene Dinge aus meinem Blickfeld, und ich wusste, was er mir sagen wollte. Einen Augenblick später liefen wir wieder durch unser Dorf, und unten am Fluss sah ich die flackernden Lichter des Goldenen Hirschen. Dann vernahm ich in der Dunkelheit einen Freudenschrei:

„Er ist wieder da!"

Es war Seppi Wohlmeyer. Er hatte wohl gespürt, wie sein Blut in Wallung geriet und seine Lebensgeister erwachten – und das konnte nur eins bedeuten: Dass Satan in der Nähe war, auch wenn es viel zu dunkel war, um ihn zu sehen. Seppi gesellte sich zu uns, und wir liefen gemeinsam weiter, und seine Fröhlichkeit ergoss sich über uns wie ein Wasserstrahl. Er gebärdete sich wie ein Verliebter, der seinen verloren geglaubten Schatz wiedergefunden hatte. Seppi war ein pfiffiger und lebhafter Junge, begeisterungsfähig und beredt, worin er sich von mir und Nikolaus unterschied. Wenn es ein neues Geheimnis im Dorf gab, war er der erste, der es wusste – diesmal ging es um das Verschwinden von Hans Oppert, dem großen Müßiggänger. Die Leute würden allmählich neugierig, sagte er. Er sagte nicht besorgt – neugierig war das richtige Wort, es traf den Kern. Hans sei schon seit Tagen nicht mehr gesehen worden.

„Seit seiner brutalen Tat also", sagte er.

„Welcher brutalen Tat?" Es war Satan, der fragte.

„Na ja, seinen Hund hat er ja schon immer geschlagen. Aber es ist ein guter Hund, sein einziger Freund, er ist treu und hat ihn gern, und hat noch nie jemandem was getan. Aber vor zwei Tagen ist Hans mal wieder über ihn hergefallen, ohne ersichtlichen Grund. Der Hund heulte und flehte, und Theodor und ich flehten auch, aber er drohte uns Prügel an, und dann drosch er mit aller Kraft auf den Hund ein und schlug ihm ein Auge aus, und sagte zu uns: 'Das habt ihr nun davon, dass ihr euch eingemischt habt, ihr Idioten'. Und lachte auch noch dazu. Das ist doch ein gefühlloses Tier!" Seppis Stimme bebte vor Mitleid und Zorn. Ich wusste, was Satan jetzt sagen würde, und genau das sagte er auch.

„Schon wieder, dass jemand dieses Wort missbraucht. Schon wieder diese gemeine Verunglimpfung. Tiere verhalten sich nicht so – nur Menschen tun es."

„Na ja, zumindest war es unmenschlich."

„Nein, Seppi, du irrst dich. Es war menschlich. Ganz entschieden menschlich. Schön zu hören, dass du die höher entwickelten Tiere verleumdest, indem du ihnen eine Gesinnung unterstellst, von der sie frei sind und die sich nirgendwo anders findet als im menschlichen Herzen. Keins der höheren Tiere ist von jener Krankheit befallen, die sich moralische Gesinnung nennt. Achte doch auf deine Worte, Seppi. Mach sie frei von solchen Lügen."

Sein Tonfall war – für seine Begriffe – ziemlich ernst, und

es tat mir leid, dass ich Seppi nicht davor gewarnt hatte, das betreffende Wort etwas vorsichtiger zu gebrauchen. Ich wusste, wie er sich jetzt fühlte. Er wollte Satan auf keinen Fall beleidigen; eher hätte er seine gesamte Verwandtschaft beleidigt. Ein unbehagliches Schweigen entstand, von dem wir jedoch kurz darauf erlöst wurden, denn der arme Hund, von dem wir gesprochen hatten, kam vorbei, das Auge hing ihm aus der Höhle, und er lief geradewegs auf Satan zu, begann zu klagen und in gebrochenem Tonfall zu murren, und Satan antwortete ihm auf genau die gleiche Weise, und uns war klar, dass sie sich in der Hundesprache miteinander unterhielten.

Wir saßen alle im Gras, das Mondlicht schien auf uns herab, da die Wolken jetzt auseinander barsten, und Satan presste den Kopf des Hundes auf seinen Schoß und drückte ihm das Auge zurück an Ort und Stelle, und der Hund freute sich, wedelte mit dem Schwanz und leckte Satans Hand, blickte dankbar und sprach es auch aus. Ich wusste, dass er es aussprach, auch wenn ich die Worte nicht verstehen konnte. Dann unterhielten sich die beiden noch ein wenig, und Satan sagte:

„Er sagt, sein Herrchen sei betrunken gewesen.“

„War er ja auch“, sagten wir.

„Und eine Stunde später sei es über den Felshang hinter dem Weideland bei den Klippen gefallen.“

„Wir wissen, wo das ist. Es liegt drei Meilen von hier entfernt.“

„Danach habe sich der Hund oft im Dorf herumgetrieben und die Leute angebettelt, mit ihm zu kommen, aber man trieb ihn nur weg und hörte ihm nicht zu.“

Wir erinnerten uns daran, hatten aber nicht gewusst, was er wollte.

„Er wollte Hilfe holen“, sagte Satan. „Hilfe für den Mann, der ihn misshandelt hatte. Und das war alles, woran er dachte, denn er hatte kein Futter mehr und suchte auch nicht danach. Zwei Nächte lang hat er bei seinem Herrn gewacht. Und jetzt denkt mal an eure eigene Spezies! Die den Himmel angeblich für sich allein in Anspruch nehmen darf, während Hunde ausgeschlossen sind. So bringen es euch eure Lehrer doch bei! Kann eure Rasse diesem Hund irgendetwas in Sachen Moral und Großmut beibringen?" Er sprach mit dem Tier, das vor ihm aufsprang, fröhlich und ungeduldig, und nur darauf wartete, dass jemand ihm einen Befehl gab, den es befolgen konnte. „Holt ein paar Leute herbei; folgt diesem Hund – er wird euch den Weg zu dem Kadaver weisen. Und nehmt einen Priester mit, um die Versicherungsangelegenheiten zu regeln, denn der Tod ist nahe."

Nach diesen letzten Worten verschwand er, und wir waren bekümmert und enttäuscht. Wir nahmen ein paar Leute sowie Pater Adolf mit und sahen dem Mann beim Sterben zu. Niemandem tat er leid außer dem Hund; er trauerte und klagte und leckte dem Toten das Gesicht und war nicht zu trösten. Wir begruben ihn an Ort und Stelle, ohne Sarg, da er kein Geld hatte und keinen einzigen Freund außer dem Hund. Wären wir eine Stunde früher gekommen, hätte der Priester noch Zeit gehabt, das unglückselige Geschöpf dem Himmel anzuvertrauen, nun aber würde er im schrecklichen Höllenfeuer landen und auf ewig brennen.

Welch Jammer, dass in einer Welt, in der so viele Menschen Probleme damit haben, ihre Zeit zu opfern, nicht einmal ein kleines Stündchen für diese arme Kreatur geopfert werden konnte, die es so dringend benötigt hätte, und für die es den Unterschied bedeutet hätte zwischen ewiger Freude und ewiger Verdammnis. Es vermittelte uns eine beängstigende Vorstellung vom Wert einer Stunde, und ich befürchtete, nie mehr eine solche Stunde ohne Gewissensbisse und Schrecken durchleben zu können.

Seppi war bedrückt und bekümmert und sagte, es müsse doch so viel besser sein, als Hund zu leben anstatt solche furchtbaren Risiken auf sich zu nehmen. Auf jeden Fall, wir nahmen den Hund mit und machten ihn zu unserem Haustier. Während wir so dahin liefen, kam Seppi ein guter Einfall, der uns aufmunterte und dafür sorgte, dass wir uns wohler fühlten. Er sagte, der Hund habe dem Mann sein Unrecht ja schließlich vergeben, also würde Gott diesen Sündenerlass vielleicht auch akzeptieren.

Es folgte eine langweilige Woche, in der Satan sich nicht zeigte und in der so gut wie nichts geschah, und wir Jungen wagten es nicht, Margit zu besuchen, da der Mond in diesen Nächten sehr hell schien und unsere Eltern vielleicht alles herausbekommen hätten. Allerdings begegneten wir einige Male Ursula, die mit ihrer Katze über die Wiesen hinab zum Fluss spazierte, um dem Tier ein wenig Auslauf zu gewähren, und sie ließ uns wissen, dass alles wunderbar laufe. Sie trug schicke neue Kleider und sah sehr wohlhabend aus. Die täglichen vier Groschen waren immer pünktlich eingetroffen und mussten nicht für Essen und Wein und solche Sachen ausgegeben werden – dafür sorgte schon die Katze.

Insgesamt ertrug Margit ihre Verlassenheit und Einsamkeit recht gut, und Wilhelm Meidling trug dazu bei, dass sie meist gut gelaunt war. Jeden Abend verbrachte sie ein oder zwei Stunden bei ihrem Onkel im Gefängnis und konnte ihn durch die Gaben der Katze gut ernähren. Allerdings hätte sie auch gern mehr über Philipp Traum erfahren und hoffte, ich würde ihn wieder einmal mitbringen. Auch Ursula war neugierig und stellte eine Menge Fragen über seinen Onkel. Die Jungen mussten darüber lachen, da sie ihnen den ganzen Unsinn erzählte, den Satan ihr aufgebunden hatte. Aber aus uns bekam sie nichts heraus. Wir hüteten unsere Zungen.

Ein klein wenig erzählte Ursula uns auch: Dass jetzt genug Geld da sei, und dass sie einen Diener angestellt habe, der bei den Hausarbeiten und Einkäufen half. Sie bemühte sich, es in gleichgültigem, unbeteiligtem Tonfall vorzubringen, war aber so aufgeregt und eingebildet darauf, dass ihr Stolz sich nicht verbergen ließ. Es war hübsch anzusehen, wie sie ihre Freude hinter einer solchen Größe verbarg, das arme alte Ding, doch als wir den Namen ihres Dieners erfuhren, fragten wir uns schon, ob sie da eine weise Entscheidung getroffen hatte. Wir waren zwar noch jung und oft unbesonnen, aber für gewisse Dinge hatten wir trotzdem einen scharfen Blick.

Der Junge war nämlich Gottfried Narr, ein einfältiger und gutmütiger Bursche, der niemandem etwas Böses wollte und gegen den auch persönlich nichts einzuwenden war. Trotzdem hatte er keinen guten Ruf, und das zu Recht, denn es war noch nicht mal sechs Monate her, da war Schande über seine Familie gekommen, und man hatte seine Großmutter als Hexe verbrannt. Wenn eine Familie mit so etwas gestraft ist, lässt sich das nicht durch einmal Verbrennen auslöschen.

Gerade jetzt war für Ursula und Margit gar kein guter Zeitpunkt, mit dem Angehörigen einer solchen Familie Umgang zu haben, denn die Angst vor Hexen hatte im letzten Jahr schlimmere Ausmaße angenommen als selbst die ältesten Dorfbewohner sich erinnern konnten. Was auch verständlich war, denn in den vergangenen Jahren waren immer neue Arten von Hexen aufgetaucht. Früher hatte es nur eine einzige Art gegeben, nämlich alte Frauen, aber jetzt gab es sie in allen Altersklassen – sogar acht- oder neunjährige Kinder waren darunter, und jeder konnte sich mittlerweile als ein Gefährte des Teufels entpuppen; da spielten Alter und Geschlecht keine Rolle mehr. In unserer kleinen Gegend hatten wir versucht, die Hexen auszurotten, doch je mehr von ihnen verbrannt wurden, umso mehr von ihrer Brut kamen nach.

In einer zehn Meilen entfernten Mädchenschule hatten die Lehrer einmal bemerkt, dass der Rücken einer Schülerin ganz rot und entzündet war, und sie gerieten in große Aufruhr, da sie es für die Male des Teufels hielten. Das Mädchen bekam es mit der Angst zu tun und bat, man möge sie nicht anschwärzen, es seien nur Flöhe; aber natürlich reichte das nicht aus, um die

Sache auf sich beruhen zu lassen. Sämtliche Mädchen wurden untersucht, und ganze elf von fünfzig hatten schlimme Male, die anderen zumindest geringfügige. Es wurde eine Kommission einberufen, doch die elf Mädchen riefen nur nach ihren Müttern und wollten kein Geständnis ablegen. Daraufhin sperrte man sie ein, jede einzeln, in dunklen Kammern, und zehn Tage und Nächte lang bekamen sie nur Schwarzbrot und Wasser.

Während dieser ganzen Zeit waren sie wild und verstört, und ihre Augen blieben trocken, es kamen keine Tränen mehr; sie saßen nur da und murmelten vor sich hin und weigerten sich, das Essen zu sich zu nehmen. Dann gestand eine von ihnen und sagte, sie sei oft auf einem Besenstiel durch die Luft zum Hexensabbat geritten, und an einem kahlen Ort hoch in den Bergen habe sie getanzt und getrunken und gezecht, zusammen mit mehreren hundert anderen Hexen und dem Großen Widersacher, und alle hätten sie sich ganz skandalös benommen und auf die Priester geschimpft und Gott gelästert.

Das ist es, was sie sagte – nicht in Form einer Geschichte, denn sie war ja gar nicht in der Lage, sich an sämtliche Einzelheiten zu erinnern, ohne dass man sie ihr nacheinander wieder ins Gedächtnis rief. Das erledigte die Kommission für sie, denn die wussten genau, welche Fragen sie zu stellen hatten, die ja bereits zwei Jahrhunderte zuvor für alle Hexenverfolger in einem Buch niedergeschrieben worden waren. Sie fragten: „Hast du das und das getan?“, und jedes Mal sagte sie Ja, sah erschöpft und müde aus, und alles schien ihr egal zu sein.

Als dann die anderen zehn Mädchen hörten, dass sie gestanden hatte, taten sie es auch und antworteten auf alle Fragen mit Ja. Danach wurden sie alle miteinander auf dem Scheiterhaufen verbrannt, was ja nur recht und billig war; und aus allen Ecken der Umgegend kamen Leute herbeigereist, um dem Schauspiel beizuwohnen.

Auch ich war unter den Zuschauern, doch als ich sah, dass

eine der Hexen ein hübsches und süßes Mädchen war, mit dem ich früher immer gespielt hatte, und jetzt so erbärmlich aussah, wie sie auf dem Scheiterhaufen festgekettet lag, und wie ihre Mutter sie beweinte und sie mit Küssen überschüttete, sich an ihren Hals klammerte und rief: „Lieber Gott! Oh lieber Gott!" – da wurde mir die Sache zu schrecklich, und ich ging.

Es war ein bitterkalter Tag, an dem sie Gottfrieds Großmutter verbrannten. Sie wurde beschuldigt, bei anderen Leuten quälende Kopfschmerzen geheilt zu haben, indem sie deren Kopf und Hals mit den Fingern massierte – so drückte sie es aus, doch in Wirklichkeit, das wusste jeder, war es natürlich mit Hilfe des Teufels geschehen. Man wollte sie prüfen, doch sie vereitelte es, indem sie freiwillig gestand, dass ihre Heilkraft vom Teufel stamme. Also beschloss man, sie am nächsten Morgen in aller Frühe auf dem Marktplatz zu verbrennen.

Der für das Feuer verantwortliche Beamte war als erster da und entfachte es. Die nächste, die kam, war sie selbst – ein paar Wachtmeister führten sie vor und verschwanden dann wieder, um sich eine weitere Hexe zu schnappen. Ihre Familie war nicht mitgekommen. Die aufgebrachte Menge hätte sie vielleicht beschimpft oder sogar gesteinigt. Ich kam, und ich gab ihr einen Apfel. Sie kauerte am Feuer, wärmte sich und wartete, und ihre alten Lippen und Hände waren blau vor Kälte.

Als nächstes kam ein Fremder – ein Reisender, dessen Weg gerade hier vorbeiführte. Er sprach in freundlichem Tonfall mit ihr, und als er sah, dass außer mir niemand zuhörte, sagte er, es tue ihm wirklich leid um sie. Er fragte sie auch, ob es denn wahr sei, was sie gestanden habe, und sie sagte Nein. Da wirkte er verblüfft, und sie schien ihm noch mehr leid zu tun.

„Warum haben Sie dann gestanden?" fragte er.

„Ich bin alt und sehr arm", sagte sie. „Und ich arbeite für meinen Lebensunterhalt. Mir blieb keine andere Wahl als zu gestehen. Hätte ich es nicht getan, hätten sie mich vielleicht wieder freigelassen. Das hätte mich in den Ruin getrieben –

denn dass ich unter Verdacht gestanden habe, eine Hexe zu sein, hätte trotzdem keiner vergessen. Also hätte ich sowieso keine Arbeit mehr bekommen, und auf Schritt und Tritt hätten sie mir ihre Hunde hinterher gejagt. Es hätte nicht lange gedauert, und ich wäre verhungert. Da ist das Feuer am besten; das dauert wenigstens nicht so lange. Aber ihr zwei wart gut zu mir, und dafür danke ich euch.“

Sie schmiegte sich näher ans Feuer, streckte die Hände aus, um sie zu wärmen, und Schneeflocken sanken weich und still auf ihren alten grauen Kopf herab, der davon nur noch weißer wurde. Inzwischen hatte sich eine große Menge versammelt, und jemand warf ein Ei nach ihr, das sie am Auge traf, entzweibrach und ihr am Gesicht herablief. Gelächter folgte.

Ich erzählte Satan später alles über die elf Mädchen und die alte Frau, aber es berührte ihn nicht. Er sagte, so seien die Menschen nun einmal, und was die Menschen so anstellten, sei bedeutungslos. Er sei dabei gewesen, sagte er, als sie erschaffen wurden; und sie seien nicht aus Lehm gemacht, sondern aus Schmutz, zumindest teilweise. Ich weiß, was er damit meinte – das moralische Empfinden. Er las den Gedanken in meinem Kopf, was ihn zum Lachen brachte. Dann stieß er einen Ruf aus, und aus den Wiesen kam ein junger Stier angelaufen, und Satan streichelte ihn und sprach mit ihm und sagte:

„Schau ihn dir an. Der käme niemals auf die Idee, kleine Kinder in den Wahnsinn zu treiben, indem er sie hungern lassen oder ihnen Angst machen oder sie der Einsamkeit aussetzen würde, um sie danach zu verbrennen, weil sie irgendwelche erfundenen Dinge gestanden hätten, die niemals stattgefunden haben. Er würde auch nie die Herzen unschuldiger alter Frauen brechen oder sie dazu bringen, dass sie den Angehörigen ihrer eigenen Rasse nicht mehr trauen können. Er würde sie auch, wenn sie mit dem Tod kämpften, nicht noch zusätzlich demütigen. Und warum? Weil er nicht besudelt ist mit eurem moralischen Bewusstsein, sondern so ist wie die Engel. Deshalb kennt er kein Unrecht und würde auch nie irgendein Unrecht begehen."

So reizend er auch war, so grausam und beleidigend konnte Satan sein, wenn er nur wollte, und er wollte es immer dann, wenn es um die menschliche Rasse ging. Über die Menschen rümpfte er die Nase, zu ihnen fiel ihm nie ein freundliches Wort ein.

Nun, wie ich schon sagte, wir Jungs hatten unsere Zweifel, ob es klug von Ursula gewesen war, ausgerechnet jetzt ein Mitglied der Familie Narr bei sich anzustellen. Und wir behielten Recht. Als die Leute es mitbekamen, waren sie natürlich empört. Und vor allem: Margit und Ursula hatten ja kaum genug Geld, um selbst satt zu werden – wie ließ sich da ein weiterer hungriger Mund stopfen? Das wollten die Leute erfahren; und um es herauszufinden, mieden sie Gottfried plötzlich nicht mehr, sondern suchten seine Gesellschaft und führten manch zwangloses Gespräch mit ihm. Ihm war es nur recht, und er dachte sich nichts Schlimmes dabei, bemerkte nicht, dass man ihm Fallen stellte, und beantwortete arglos alle Fragen, wobei er sich ungefähr so diskret verhielt wie eine Kuh.

„Geld!" sagte er. „Davon haben sie jede Menge. Sie zahlen mir zwei Groschen die Woche, und freie Unterkunft habe ich auch. Ich kann euch sagen, die leben und speisen wie die Fürsten."

Diese überraschende Aussage kam dem Astrologen zu Ohren, und eines Sonntagmorgens nach der Messe berichtete er Pater Adolf davon, der darüber sehr in Erregung geriet und sagte:

„Das müssen wir uns genauer ansehen."

Er meinte, bei so etwas könne nur Zauberkraft im Spiel sein, und er riet den Dorfbewohnern, so nach und nach wieder Kontakt zu Margit und Ursula aufzunehmen und dabei beide Augen offen zu halten. Dabei sollten sie ihre Meinung aber für sich behalten und keineswegs den Argwohn der Hausgemeinschaft wecken. Die Dörfler hatten zunächst ein wenig Bedenken, sich an einen so schrecklichen Ort zu begeben, doch der Priester sagte, so lange sie sich dort aufhielten, stünden sie unter seinem Schutz und es könne ihnen nichts zustoßen, vor allem nicht, wenn sie ein wenig Weihwasser mit sich führten und ihre Rosenkränze stets griffbereit hätten. Das beruhigte sie, und bereitwillig zogen sie los; ja, die Niederträchtigsten unter ihnen konnten es vor lauter Neid und Bosheit sogar kaum erwarten.

Und so hatte die arme Margit auf einmal wieder jede Menge Gesellschaft um sich und war darüber so erfreut wie eine Katze. Sie war eben wie die meisten Menschen nun mal sind – glücklich über ihre Reichtümer und keineswegs abgeneigt, sie ein wenig zur Schau zu stellen; und wie jeder Mensch war sie dankbar für die Nähe, die man ihr jetzt wieder bot, und dass ihre Freunde und die Dorfbewohner ihr wieder das eine oder andere Lächeln schenkten; denn von allen Härten, die man ertragen muss auf dieser Welt, ist es vielleicht die schlimmste, wenn deine Nachbarn dich schneiden und verachten und die Einsamkeit dein einziger Freund ist.

Nun aber waren uns Tür und Tor geöffnet, und wir durften sie jederzeit besuchen, was wir auch taten – unsere Eltern, wir alle, Tag für Tag. Die Katze musste sich fast überschlagen. Für uns Besucher schaffte sie nur das Feinste vom Feinsten herbei, und das in reichlichen Mengen – und viele bekamen Delikatessen und Weine serviert, die sie nie zuvor gekostet, ja von denen sie nicht einmal aus zweiter Hand von den Dienern des Fürsten gehört hatten. Sogar die Gedecke waren von der edelsten Sorte. Manchmal machte Margit sich Sorgen und löcherte Ursula mit Fragen, die schon ans Unangenehme grenzten, doch Ursula blieb standhaft: Hier habe man es eben mit Gottes Fügung zu tun. Über die Katze verlor sie kein Wort. Margit wusste zwar, dass für die göttliche Fügung kein Ding unmöglich war, allerdings zweifelte sie auch daran, dass die Ereignisse dort ihren Ursprung hatten, was sie jedoch nicht auszusprechen wagte, aus Angst, auf diese Weise Unheil herab zu beschwören. Der Gedanke an Zauberei war ihr natürlich gekommen, doch sie hatte ihn sofort wieder verdrängt, denn all das war ja auch schon geschehen, ehe Gottfried Teil des Haushalts geworden war, und sie wusste, dass Ursula fromm war und Hexen abgrundtief hasste. Schon vor Gottfrieds Eintreffen war die göttliche Fügung am Werk gewesen, hatte ihren festen Platz im Haus, und Sie war es, der alle Dankbarkeit zuteil wurde. Die Katze murrte nicht, sondern bemühte sich selbstlos darum, noch mehr zu leisten und alles noch besser zu bewerkstelligen.

In jeder Gemeinde, ob groß oder klein, gibt es stets eine gewisse Anzahl von Menschen, die von Natur aus weder böswillig noch achtlos sind, und die sich auch niemals achtlos verhalten, es sei denn, dass Angst sie übermannt, ihre eigenen Interessen bedroht sind oder ähnliches. Auch in Eselsdorf gab es ein gerüttelt Maß solcher Menschen, und normalerweise machte ihr guter und sanfter Einfluss sich spürbar. Doch nun waren andere Zeiten, die Furcht vor Hexen war groß, und es sah aus, als gebe es in unserer Ortschaft kein einziges mildes und mitfühlendes Herz mehr. Alle ängstigten sie sich auf Grund der unerklärlichen Dinge, die in Margits Haus geschahen. Sie zweifelten nicht daran, dass dabei Hexerei im Spiel war, und die Angst machte ihren Verstand zunichte.

Natürlich gab es einige, die Margit und Ursula wegen des Unheils bemitleideten, das sich über ihnen zusammenbraute, aber sie verloren kein Wort darüber; es erschien ihnen zu gefährlich. So hatten die anderen ein leichtes Spiel, und es war niemand da, der das unwissende Mädchen und die törichte Frau dazu ermahnten, ihr Verhalten zu ändern.

Wir Jungen hätten sie ja gern gewarnt, aber nun, da es ums Ganze ging, kniffen wir, weil wir uns eben auch fürchteten. Uns wurde klar, dass wir nicht beherzt oder nicht Manns genug waren, eine großherzige Tat zu vollbringen, sofern die Gefahr bestand, wir könnten uns damit Ärger einhandeln. Keiner von uns gestand den anderen gegenüber seine niedrige Gesinnung ein, sondern wir machten es, wie auch erwachsene Leute es gemacht hätten – wir beendeten das Thema und redeten über etwas anderes. Dabei wusste ich, dass wir uns alle niederträchtig vorkamen. Wir aßen und tranken zusammen mit den anderen Spionen Margits feine Sachen, wir schmeichelten ihr und machten ihr Komplimente, sahen unter Selbstvorwürfen, auf welch närrische Weise sie glücklich war, aber warnten sie mit keinem einzigen Wort. Und in der Tat, sie war glücklich und stolz wie eine Prinzessin, und so dankbar dafür, dass sie wieder Freunde hatte. Und die ganze Zeit über hielten all diese Leute die Augen offen und gaben alles, was sie sahen, an Pater Adolf weiter.

Doch der Pater wurde nicht schlau aus dieser Situation. Es musste jemand auf dem Anwesen sein, der über Zauberkräfte verfügte, doch wer war es? Margit hatte man solches Blendwerk nie ausüben sehen, ebenso wenig Ursula oder gar Gottfried. Trotzdem gingen ihnen die Weine und Leckereien nie aus, und egal, was ein Gast auch haben wollte, er bekam es. Solche Machenschaften waren für Hexen und Zauberer ja nichts Besonderes und niemandem neu; doch dass jemand so etwas ohne Beschwörungen zustande brachte, ohne Donnergrollen oder Erdbeben oder Blitze oder Erscheinungen – das hatte es vorher nie gegeben, es fiel total aus dem Rahmen.

Von solchen Dingen las man nichts in Büchern. Dinge, die durch Zauberkraft zustande kamen, waren stets unwirklich. Gold verwandelte sich in einer zauberlosen Atmosphäre in Dreck, Speisen verdarben oder verschwanden. Doch was jetzt geschah, hielt all jenen Prüfungen stand. Die Spitzel nahmen heimlich Proben mit; Pater Adolf betete über ihnen, exorzierte sie, aber all das bewirkte gar nichts; die Speisen blieben genießbar und greifbar. Sie verdarben im Laufe der Zeit auf ganz natürlichem Wege und kein bisschen rascher.

Pater Adolf war nicht nur verwirrt, er war auch außer sich

vor Ärger; denn all jene Beweise überzeugten ihn – zumindest insgeheim – beinahe davon, dass hier keine Zauberkraft im Spiel sein konnte. Doch so ganz überzeugten sie ihn doch nicht, es hätte ja eine neue Art von Zauberkraft sein können. Und es gab eine Möglichkeit, es herauszufinden: Falls dieser verschwenderische Überfluss an Nahrungsmitteln nicht von außen hereingetragen, sondern auf dem Anwesen hervorgebracht wurde, so handelte es sich auf jeden Fall um Hexerei.

Kapitel VII

Margit kündigte eine Feier an, zu der sie vierzig Personen einlud; sie sollte sieben Tage später stattfinden. Das war eine hervorragende Gelegenheit. Margits Haus stand ziemlich abseits, so dass man es gut beobachten konnte. Die ganze Woche hindurch, Tag und Nacht, überwachten sie es. Margits Hausgemeinschaft kam und ging wie gewohnt, doch sie hielten nichts in Händen, und weder sie noch irgendjemand anderes schaffte etwas ins Haus. Das wurde einwandfrei nachgewiesen. Die Verpflegung für vierzig Leute wurde offensichtlich nirgendwo abgeholt. Falls die Hausbewohner mit irgendwelchen Nahrungsmitteln bestückt wurden, so mussten sie aus dem Anwesen selbst stammen. Es stimmte zwar, dass Margit jeden Abend mit einem Korb das Haus verließ, doch die Spione bekamen schnell heraus, dass er auch bei ihrer Rückkehr noch leer war.

Die Gäste trafen um die Mittagszeit ein und verteilten sich über die Räume. Kurz darauf erschien auch Pater Adolf, und nach einer Weile der Astrologe – ohne Einladung. Die Spitzel hatten ihn darüber informiert, dass weder an der vorderen noch an der hinteren Tür des Hauses irgendwelche Pakete abgegeben worden waren.

Als er eintrat, waren alle bereits mit Essen und Trinken beschäftigt, und es herrschte ein lebhaftes und festliches Treiben. Er spähte um sich, um festzustellen, dass viele der gekochten Delikatessen sowie der heimischen und exotischen Früchte leicht verderblich waren; die hier jedoch waren frisch und makellos. Keine Erscheinungen, keine Beschwörungen, kein Donner. Das war der Beweis: Es handelte sich um Hexerei – jedoch um eine neue Art von Hexerei, die man sich bisher nicht einmal im Traum erdacht hätte. Eine gewaltige, eine erhabene Kraft, und er beschloss, ihr Geheimnis zu enträtseln.

Die Kunde davon würde sich über die ganze Welt ausbreiten, zu den entlegensten Ländern vordringen, und alle Völker würden wie gelähmt sein vor Erstaunen – aber seinen Namen würden sie sich merken, und er würde bis ans Ende aller Zeiten gefeiert werden. Es war ein wunderbarer Glücksfall, ein grandioser Glücksfall; wenn er an den Ruhm dachte, den er auf diese Weise erlangen konnte, wurde ihm schwindlig.

Alle waren darum bemüht, ihm Platz zu machen. Margit war so höflich, ihm eine Sitzgelegenheit zu verschaffen, und wies Gottfried an, dafür zu sorgen, dass er einen eigenen Tisch bekomme, den sie daraufhin für ihn schmückte und deckte und nach seiner Bestellung fragte.

„Bringt mir etwas nach eurer Wahl", sagte er.

Die beiden Diener holten allerlei Vorräte aus der Speisekammer, dazu weißen und roten Wein, je eine ganze Flasche. Der Astrologe, der solche Delikatessen zuvor vermutlich nie zu Gesicht bekommen hatte, schenkte sich einen Becher Rotwein ein, trank ihn aus, um sofort wieder nachzufüllen, dann begann er mit großem Appetit zu speisen.

Ich hätte nie damit gerechnet, dass Satan auch kommen würde, denn ich hatte seit über einer Woche nichts von ihm gehört und gesehen, doch gerade jetzt trat er ein – ich merkte es an meinem Gefühl, denn sehen konnte ich ihn nicht, da eine Menge Leute zwischen uns standen. Ich hörte, wie er sich dafür entschuldigte, einfach so hereinzuplatzen, und er wollte schon wieder gehen, doch Margit bat ihn dringend, zu bleiben, also dankte er ihr und blieb. Sie führte ihn herein, stellte ihn den Mädels, aber auch Meidling und einigen der älteren Gäste vor; und von allen Seiten hörte man es flüstern: „Das ist der junge Fremde, von dem man alles Mögliche hört, den man aber nie zu Gesicht bekommt, weil er so viel unterwegs ist." „Meine Güte, ist der vielleicht hübsch – wie heißt er denn?" „Philipp Traum." „Oh, das passt zu ihm!" „Was macht er denn so?" „Studiert aufs Priesteramt, sagen die Leute." „Sein Gesicht ist sein Kapital – der wird eines Tages Kardinal werden." „Wo ist er denn zu Hause?" „Irgendwo in den heißen Ländern, heißt es

– er hat dort einen reichen Onkel." Und so weiter. Er kam sofort gut an; jeder war darauf bedacht, ihn kennen zu lernen und sich mit ihm zu unterhalten. Allen fiel auf, wie kühl und frisch es plötzlich geworden war, und sie wunderten sich darüber, denn draußen stand die Sonne noch ebenso hoch wie zuvor, und der Himmel war wolkenlos. Natürlich erriet niemand den Grund dafür.

Der Astrologe hatte soeben seinen zweiten Becher geleert und schenkte sich erneut nach. Er wollte die Flasche vor sich hinstellen, brachte sie jedoch versehentlich zum Kippen. Er konnte sie auffangen, ehe allzu viel daraus vergossen worden war, hielt sie gegen das Licht und sagte: „Was für ein Jammer – das ist ja königlicher Wein." Dann erhellte sich sein Gesicht vor Freude oder Triumph oder was auch immer, und er sagte: „Schnell! Bringt eine Schüssel."

Man brachte sie ihm – es war eine Vierliterschüssel. Er nahm die Flasche, die nur einen Liter fasste, und begann zu gießen, immer weiter, und die rote Flüssigkeit strömte unter lautem Gegurgel in die weiße Schüssel und stieg an den Seiten immer höher empor, während alle gafften und den Atem anhielten – bis die Schüssel schließlich bis zum Rand gefüllt war.

„Seht euch die Flasche an", sagte er und hielt sie hoch. „Sie ist immer noch voll!" Ich schielte hinüber zu Satan, und in diesem Moment verschwand er. Dann erhob sich Pater Adolf, vor Aufregung rot im Gesicht, bekreuzigte sich und begann mit seiner lauten Stimme zu poltern: „Dieses Haus ist verhext und verflucht!" Einige der Gäste begannen zu schreien und zu kreischen und strömten in Scharen zur Tür.

„Die Bewohner dieses Haus sind entlarvt. Ich fordere sie dazu auf …"
Er kam mit seiner Rede nicht weiter. Sein Gesicht verfärbte sich rot, dann violett, doch es gelang ihm nicht, einen weiteren Laut hervorzubringen. Dann sah ich Satan, gleich einem durchsichtigen Gespinst, wie er mit dem Körper des Astrologen ver-

schmolz. Der Astrologe hob die Hand und rief mit einer Stimme, die zweifellos seine eigene war: „Wartet – bleibt, wo ihr seid!"

Alle verharrten an ihrem Platz. „Bringt mir einen Trichter!" rief der Astrologe. Ursula brachte ihn, zitternd und verängstigt, und er steckte ihn in den Flaschenhals, hob die große Schüssel und begann den Wein zurückzugießen, und die Leute machten große Augen und waren wie gelähmt vor Erstaunen, da sie ja wussten, dass die Flasche bereits voll gewesen war, ehe er begonnen hatte. Er leerte die gesamte Schüssel zurück in die Flasche, dann schickte er dem ganzen Saal ein Lächeln, kicherte und sprach ungerührt: „Das ist gar nichts – das kann jeder! Mit meinen Kräften kann ich noch viel mehr bewirken."

Von überall her kamen entsetzte Schreie. „Mein Gott, er ist besessen!" In großer Aufruhr stürzten alle zur Tür, und schon bald war keiner mehr da, der nicht zur Hausgemeinschaft gehörte, außer uns Jungs und Meidling. Wir Jungen wussten ja, was hinter der Sache steckte, und wir hätten es auch laut ausgesprochen, wenn wir dazu in der Lage gewesen wären, aber wir konnten nicht. Wir waren Satan sehr dankbar dafür, dass er hilfreich eingesprungen war, als Not am Mann war.

Margit war bleich und weinte, Meidling wirkte wie versteinert, Ursula auch, aber am schlimmsten war es mit Gottfried, der so schwach und verängstigt schien, dass er sich kaum auf den Beinen halten konnte. Schließlich stammte er, wie ihr wisst, aus einer Hexenfamilie, und es wäre sehr misslich für ihn gewesen, wenn man ihn verdächtigt hätte.

Agnes tappte herein, andächtig und unwissend, und sie wollte sich jetzt an Ursula kuscheln und von ihr gestreichelt werden, aber Ursula hatte Angst vor ihr und ging ihr aus dem Weg, tat aber so, als sei es nicht grob gemeint, denn sie wusste sehr gut, dass es sich nicht auszahlen würde, mit einer solchen Katze auf Kriegsfuß zu stehen. Daraufhin nahmen wir Jungen Agnes und streichelten sie, denn Satan hätte sich nie mit ihr angefreundet, wenn er keine gute Meinung von ihr gehabt hätte, und das war für uns Argument genug. Er schien jedem Lebewesen zu trauen, das kein moralisches Bewusstsein hatte.

Vor dem Haus flüchteten die Gäste panisch in alle Richtungen, auf jämmerliche Weise vom Grauen gepackt. Ihr kopfloses Umhergerenne, ihr Schluchzen, ihr Kreischen und Schreien sorgte für einen derartigen Tumult, dass sich schon bald die ganze Dorfgemeinschaft vor ihren Häusern versammelte, um zu erkunden, was passiert war, und sie drängten sich durch die Straßen und rempelten einander an, so aufgebracht und verängstigt waren sie.

Dann erschien Pater Adolf, und die Menge teilte sich in zwei Fronten wie einst das Rote Meer, und durch die Gasse, die dadurch entstand, schritt der Astrologe, leise vor sich hin hinmurmelnd, und wo auch immer er vorbeikam, wich die Menge zurück und schwieg voller Ehrfurcht. Sie starrten ihm nach, ihr Atem ging schneller, und ein paar Frauen fielen in Ohnmacht. War er dann ein Stück weit entfernt, scharte sich die Menge wieder zusammen, um ihm aus sicherem Abstand zu folgen, und alle sprachen sie erregt miteinander, stellten Fragen und versuchten, der Wahrheit auf den Grund zu kommen. Der Wahrheit, die sie dann an andere weitergeben konnten, mit Korrekturen – Korrekturen, die aus dem Humpen Wein schon bald ein ganzes Fass machten, dessen Inhalt in einer Flasche Platz gefunden habe, die dennoch bis zuletzt leer geblieben sei.

Als der Astrologe den Marktplatz erreichte, lief er schnurstracks auf einen Jongleur zu, der in wunderliche Kleider gehüllt war und drei Messingbälle in der Luft tanzen ließ. Der Astrologe nahm sie ihm weg und sagte: „Dieser arme Narr versteht überhaupt nichts von seiner Kunst. Kommt her und seht zu, wie ein Fachmann das macht."

Kaum zu Ende gesprochen, stieß er die Bälle einen nach dem anderen in die Luft, wo sie sich zu einem schmalen und leuchtenden Oval formierten, dann ließ er einen weiteren Ball folgen, dann noch einen und wieder einen, doch keiner wusste, wo er sie herzauberte, und immer größer wurde das Oval, immer länger, und die Hände des Astrologen bewegten sich so flink, dass sie nur noch als ein verwaschener Fleck erschienen und gar nicht mehr als Hände zu identifizieren waren, und einer, der mitgezählt hatte, sagte, es seien nunmehr hundert Bälle, die er in der Luft hielt.

Das wirbelnde Oval schwebte jetzt zwanzig Fuß oberhalb des Bodens, und es war ein strahlender und funkelnder und wundersamer Anblick. Dann verschränkte er die Arme und befahl den Bällen, nun auch ohne die Hilfe seiner Hände umherzuwirbeln – und sie gehorchten. Nach ein paar Minuten sagte er, „So, das reicht!", und das Oval brach auseinander und plumpste zu Boden, und überall lagen die Bälle verstreut umher und rollten durcheinander. Und alle, auf die einer der Bälle zugerollt kam, wichen zurück, und keiner wollte sie berühren. Das brachte den Astrologen zum Lachen, und er verspottete die Leute, nannte sie Feiglinge und alte Weiber.

Dann wandte er sich um und erblickte den Seiltänzer und sagte, er könne nicht verstehen, wie viele Narren tagtäglich ihr Geld zum Fenster herauswerfen würden, um einem tollpatschigen und unwissenden Halunken dabei zuzusehen, wie er diese vorzügliche Kunst zum Gespött machen würde; nun sollten sie sehen, wie ein Meister diese Sache handhabe. Bei diesen Worten machte er einen Sprung in die Luft, um kurz darauf mit seinen Füßen sicher auf dem Seil zu landen und einbeinig von ganz vorne nach hinten und wieder zurück zu hüpfen, wobei er die Augen unter seinen gefalteten Händen verbarg. Als nächstes folgten Purzelbäume, vorwärts und rückwärts, ganze siebenundzwanzig Mal.

Ein Murmeln ging durch die Menge, denn der Astrologe war schon alt, und meistens hatte er nur sich humpelnd fortbewegt, ja war manchmal regelrecht lahm dahergekommen. Nun aber war er plötzlich wendig und gab unermüdlich immer neue

Kunststücke zum Besten. Zuletzt sprang er mühelos zu Boden und ging von dannen, lief die Straße entlang, bog um eine Ecke und verschwand. Die bleiche, stille und dicht gedrängte Menschenmenge atmete tief durch, und alle blickten einander an, während sie fragten: „Ist das gerade wirklich passiert? Hast du es auch gesehen, oder habe ich es … vielleicht nur geträumt?" Dann redeten sie im Flüsterton weiter, teilten sich in Paare auf und gingen nach Hause, noch immer mit ehrfurchtsvoll gesenkter Stimme sprechend, die Köpfe dicht beisammen, oft mit einer Hand auf dem Arm des anderen, und sie gestikulierten, wie man es tut, wenn man von einer Sache tief beeindruckt ist.

Wir Jungen liefen hinter unseren Vätern und lauschten, um so viel wie möglich von dem aufzuschnappen, was sie sagten; und als sie sich bei uns zu Hause hinsetzten und ihr Gespräch fortführten, leisteten wir ihnen noch immer Gesellschaft. Sie waren in trauriger Stimmung, denn es sei, wie sie sagten, völlig klar, dass auf eine solch schreckliche Heimsuchung durch Hexen und Teufel eine Katastrophe folgen müsse. Dann erinnerte sich mein Vater daran, dass Pater Adolf während seiner Anklagerede schlagartig verstummt war.

„Bis jetzt hatten sie es nie gewagt, sich an einem gesalbten Diener Gottes zu vergreifen", sagte er. „Und warum sie sich diesmal getraut haben, will mir nicht in den Kopf, denn er trug ja sein Kruzifix. Oder etwa nicht?"

„Doch", sagten die anderen. „Wir haben es gesehen."

„Die Lage ist ernst, meine Freunde, sie ist sehr ernst. Zuvor hatten wir immer Schutz genossen. Diesmal hat es versagt."

Die anderen schüttelten sich, als würden sie frösteln, und fortwährend wiederholten sie die Worte: „Diesmal hat es versagt." „Gott hat uns im Stich gelassen."

„Das stimmt", sagte Seppi Wohlmeyers Vater. „Wo können wir jetzt noch Hilfe finden?"

„Die Leute werden es noch merken", sagte Nikolaus' Vater, der Richter. „Sie werden in Verzweiflung geraten und all ihren

Mut und ihre Tatkraft einbüßen. Für uns sind schlimme Zeiten gekommen.“

„Wohl wahr, Nachbar“, sagte mein Vater. „Wir werden alle leiden müssen – und alle werden ihren Leumund verlieren, und viele ihr Hab und Gut. Und … oh, großer Gott …!“

„Was denn?“

„Das Schlimmste steht uns noch bevor!“

„Wovon redest du, um Gottes Willen?“

„Vom Kirchenbann!“

Es klang wie ein Donnerschlag, und man meinte, ihnen drohten vor Schreck die Sinne zu schwinden. Dann jedoch verhalf ihnen das Grauen vor diesem Unheil zu neuer Energie, und sie brachen ihr brütendes Schweigen und begannen Möglichkeiten zu erwägen, wie man ein solches Unheil abwenden könne. Sie diskutierten über dies und jenes und ereiferten sich bis in den späten Nachmittag, dann gestanden sie, dass sie im Moment zu keiner zufriedenstellenden Lösung gelangen könnten, und so trennten sie sich mit sorgenvoller Stirn und beklommenen Herzen, voll böser Vorahnungen.

Während sie sich noch verabschiedeten, schlüpfte ich aus dem Haus und begab mich zu Margits Anwesen, um zu sehen, was sich dort abspielte. Ich begegnete vielen Leuten, aber keiner von ihnen grüßte mich. Das hätte mich eigentlich wundern müssen, tat es aber nicht; denn schließlich waren sie vor Angst und Schrecken so aufgelöst, dass sie vermutlich nicht Herr ihrer Gedanken waren; sie wirkten blass und angespannt und wandelten dahin wie in einem bösen Traum, mit offenen Augen, ohne etwas zu sehen, mit sich bewegenden Lippen, ohne Laute von sich zu geben, und ganz unwissentlich ballten sie fortwährend die Fäuste, um sie gleich darauf wieder zu lokkern.

Bei Margit war die Stimmung wie auf einer Beerdigung. Sie und Wilhelm saßen zusammen auf dem Sofa, und keiner sagte ein Wort, sie hielten nicht einmal Händchen. Beide waren in

Trübsal versunken, und Margits Augen waren vor Tränen gerötet. Sie sagte:

„Ich habe ihn immer wieder darum gebeten, zu gehen und nicht wiederzukommen, um nicht sein Leben aufs Spiel zu setzen. Ich würde es nicht ertragen, seine Mörderin zu sein. Dieses Haus ist verhext, und keiner der Insassen wird dem Feuer entkommen. Aber er wird nicht gehen, und so wird er verloren sein, wie all die anderen."

Wilhelm sagte, er werde nicht gehen; falls ihr Gefahr drohen würde, sei sein Platz an ihrer Seite, und von dort wolle er nicht weichen. Daraufhin begann sie wieder zu weinen, und es herrschte eine solche Trauerstimmung, dass ich mir wünschte, ich wäre zu Hause geblieben.

Nun aber klopfte es an der Tür, und Satan trat ein, frisch und fröhlich und schön, und wieder strahlte er dieses berauschende Charisma aus, das alles veränderte. Er verlor kein Wort über das, was geschehen war, und sprach auch nicht von den schrecklichen Ängsten, die der Einwohnerschaft das Blut im Herzen gefrieren ließ, sondern begann einfach zu reden und berichtete von einer Menge fröhlichen und erfreulichen Dingen; dann begann er über Musik zu sprechen – ein Kunstkniff, der die Reste von Margits Schwermut zerstreute und sowohl ihre Lebensgeister als auch ihr Interesse weckte. Noch nie hatte sie jemanden so gut und fachkundig über dieses Thema reden hören, und es richtete sie wieder auf und verzauberte sie dermaßen, dass ein Leuchten in ihr Gesicht trat, das sich in ihren Worten verkörperte; und Wilhelm bemerkte es, wirkte aber nicht so erfreut darüber, wie man es eigentlich erwartet hätte.

Als nächstes schweifte Satan auf das Gebiet der Dichtung ab und rezitierte auch einige Werke, was ihm sehr gut gelang, und wiederum war Margit wie verzaubert; und auch diesmal wirkte Wilhelm nicht so erfreut wie eigentlich erwartet, doch diesmal bemerkte es Margit und hatte Gewissensbisse.

In dieser Nacht wurde ich von angenehmer Musik in den

Schlaf begleitet – dem Klopfen des Regens an die Scheiben und dem dumpfen Grollen von fernem Donner. Noch später in der Nacht erschien Satan, rüttelte mich wach und sagte: „Komm mit. Wohin wollen wir gehen?"

„Egal – Hauptsache, du bist bei mir."

Daraufhin strahlte grell die Sonne auf, und er sagte: „Das ist China."

Das war eine große Überraschung, und der Gedanke, so weit von zu Hause entfernt zu sein, machte mich trunken vor Eitelkeit und Glück. So fern von unserem Dorf war bisher keiner gewesen – nicht einmal Bartel Sperling, der immer so mit seinen Reisen prahlte. Mehr als eine halbe Stunde lang schweiften wir durch das Kaiserreich und sahen alles aus der Nähe. Es war wunderbar, und wir bekamen manches Schauspiel zu sehen; einige davon schön, die anderen zu schrecklich, um daran zu denken. Zum Beispiel … aber darauf will ich nach und nach zu sprechen kommen und auch erklären, wieso Satan ausgerechnet China zum Ziel unserer Reise gemacht hatte; im Moment würde ich damit nur den Fluss meiner Geschichte unterbrechen. Irgendwann hörten wir auf, umherzustreifen und machten Rast.

Wir saßen auf einem Berg, von dem man eine riesige Kulisse aus Gebirgsketten, Schluchten, Ebenen, Tälern und Flüssen überblicken konnte, ja auch Städte und Dörfer, die im Sonnenlicht vor sich hinschlummerten, und ganz am Ende blitzte manchmal das blaue Meer auf. Es war ein friedvoller und träumerischer Anblick, ein wahrer Schmaus für die Augen und eine Wohltat für die Seele. Könnten wir stets, sobald uns danach wäre, in solcher Windeseile von einem Ort zum anderen reisen, wäre das Leben auf dieser Welt einfacher, denn ein Ortswechsel verlagert unsere seelische Bürde von einer Schulter auf die andere und verbannt alte, abgetragene Mühsale aus Körper und Seele zugleich.

Wir unterhielten uns, und mir kam der Gedanke, Satan zur Umkehr zu bewegen und ihn davon zu überzeugen, ein besseres Leben zu führen. Ich sprach mit ihm über alles, was er getan hatte, und flehte ihn an, umsichtiger zu werden und den Menschen nicht mehr weh zu tun. Ich wisse ja, dass er keinen Schaden anrichten wolle, sagte ich, aber er müsse innehalten und über die möglichen Folgen einer Sache nachdenken, ehe er sie auf seine impulsive und mutwillige Weise in die Tat umsetze; dann würde er für weniger Aufruhr sorgen. Er fühlte sich durch meine offenen Worte nicht verletzt; er sah nur amüsiert und verblüfft drein und sagte:

„Was? Ich bin manchmal mutwillig? Glaub mir, das bin ich nie. Und ich soll innehalten und über mögliche Folgen nachdenken? Wozu das? Ich weiß, welche Dinge zu welchen Folgen führen. Ich weiß es immer.“

„Oh Satan, aber wie konntest du dann solche Dinge tun?“

„Nun, das will ich dir sagen. Versuche es zu verstehen, falls du kannst. Du gehörst einem ganz besonderen Geschlecht an. Jeder Mensch ist eine Mischung aus einer Glücksmaschine und einer Leidensmaschine. Beide Funktionen arbeiten harmonisch zusammen, fein aufeinander abgestimmt und sehr präzise, nach dem Prinzip des Gebens und Nehmens. Denn was dich glücklich macht, kann einen anderen mit Sorge und Leid erfüllen – ja, nicht nur einen, vielleicht sogar ein Dutzend. In den meisten Fällen ist es so, dass sich im Leben eines Menschen Glück und Unglück die Waage halten. Ist dies aber nicht der Fall, so ist es stets das Unglück, das überwiegt – immer. Der umgekehrte Fall tritt nie ein. Es gibt Menschen, die sind so erschaffen und veranlagt, dass ihre Leidensmaschine so gut wie alles bestimmt, was ihnen widerfährt. Solche Menschen gehen durchs Leben, ohne jemals zu erfahren, was Glück ist. Alles, was sie anfassen, und alles, was sie tun, bringt Ungemach über sie. Kennst du solche Menschen? Für sie ist das Leben wahrhaftig kein Segen, oder? Es ist eine einzige Katastrophe. Und manchmal bezahlt ein Mensch für eine Stunde Glück mit jahrelangem Leiden. Weißt du das nicht? Es geschieht andauernd. Ich werde dir gleich ein paar Beispiele nennen. Die Leute in deinem Dorf bedeuten mir überhaupt nichts – das weißt du aber, oder?“

Ich wollte nicht zu barsch sein, also sagte ich, ich hätte es mir gedacht.

„Nun, es stimmt – sie sind für mich ein Nichts. Und das könnte auch nicht anders sein, denn es sind Welten, die mich von ihnen trennen, ganze Unendlichkeiten. Sie haben keinen Intellekt.“

„Keinen Intellekt?“

„Nichts dergleichen. Später werde ich mich damit beschäftigen, was der Mensch als Geist bezeichnet und dir dieses Chaos im Einzelnen darstellen, dann wirst du verstehen, was ich meine. Die Menschen haben nichts mit mir gemeinsam – es gibt keine Schnittstellen. Sie haben armselige kleine Gefühle, armselige kleine Eitelkeiten und Dreistigkeiten und Bestrebungen; ihr armseliges kleines Leben ist nur ein Lachen, ein Seufzen und danach die Auslöschung. Sie haben kein Bewusstsein – außer ihrem moralischen Bewusstsein. Ich erkläre dir, wie ich das meine. Hier ist eine rote Spinne, kleiner als ein Stecknadelkopf. Kannst du dir vorstellen, dass es einen Elefanten gibt, der sich für sie interessiert? Den es kümmert, ob sie glücklich ist oder nicht, ob sie reich ist oder arm, ob das Spinnenmännchen, in das sie verliebt ist, ihre Liebe erwidert, ob sie in der Spinnengesellschaft ein hohes Ansehen genießt oder nicht, ob ihre Feinde sie vernichten oder ihre Freunde sie im Stich lassen werden, ob ihre Hoffnungen vor die Hunde gehen oder ihre politischen Bestrebungen scheitern, ob sie im Kreise ihrer Familie sterben wird oder vereinsamt und geächtet in einem fremden Land? Wie kann so etwas einen Elefanten interessieren? Für ihn ist sie gar nichts. Es wird ihm nicht gelingen, seine Sympathien auf die mikroskopische Größe einer Spinne schrumpfen zu lassen. Und der Mensch ist für mich das gleiche wie die rote Spinne für den Elefanten. Der Elefant hat nichts gegen die Spinne – auf dieses von ihm so weit entfernte Niveau kann er sich nicht herablassen. Ich habe auch nichts gegen die Menschen. Dem Elefanten ist die Spinne egal, und mir sind die Menschen egal. Der Elefant würde sich nie die Mühe machen, der Spinne etwas Böses anzutun; wenn es ihm in den Sinn käme, würde er ihr sogar etwas Gutes tun, sofern es ihm nicht zu viel Arbeit macht. Ich habe den Menschen gute Dienste geleistet, aber ich habe ihnen nie etwas Böses getan.

Der Elefant lebt hundert Jahre, die Spinne nur einen Tag lang. In ihrer Kraft, ihrem Intellekt und ihrer Würde sind beide Kreaturen so weit voneinander entfernt, dass man von einer astronomischen Distanz sprechen kann. Doch auch in diesen wie auch in allen anderen Eigenschaften ist der Mensch mir haushoch unterlegen, ebenso wie die winzige Spinne dem Elefanten.

Der menschliche Verstand schustert sich auf ungeschickte, langwierige und mühselige Weise lauter kleine Trivialitäten zusammen – und was dabei herauskommt, ist die Welt, so wie sie ist. Mein Verstand ist anders – er erschafft! Begreifst du die Kraft, die darin liegt? Mein Verstand kann alles erschaffen, wonach er sich sehnt – innerhalb eines Augenblicks. Er braucht dazu keinen Rohstoff. Er erschafft Flüssigkeiten, feste Gegenstände, Farben – alles Erdenkliche – nur mit Hilfe dieses ätherischen Nichts, das man Gedanken nennt. Ein Mensch entwirft in Gedanken das Bild eines Seidenfadens, dann entwirft er eine Maschine, um ihn herzustellen, und dann folgen Wochen mühsamer Arbeit, in denen er es mit dem Faden auf eine Leinwand stickt. Ich denke mir das Ganze einfach nur, und schon steht es vor mir – fertig erschaffen.

Ich denke mir ein Gedicht, Musik, den Verlauf einer Schachpartie, was auch immer – und schon ist es da. Das ist der unsterbliche Geist – nichts liegt außerhalb seiner Reichweite. Meine Sicht kann durch nichts beeinträchtigt werden: Für mich sind alle Felsen durchscheinend, und die Dunkelheit ist wie das Licht des Tages. Ich brauche kein Buch aufzuschlagen;

ich erfasse seinen gesamten Inhalt im Bruchteil einer Sekunde, durch den Einband hindurch; und auch in einer Million Jahre werde ich kein einziges Wort, das darin stand, vergessen haben, ja nicht einmal, an welcher Stelle in dem Buch es stand. Nicht, was in den Köpfen der Menschen, Vögel, Fische und Insekten vor sich geht, wird mir je verborgen bleiben. Ich durchbreche die Gehirnschale des Menschen mit Hilfe eines einzigen Blikkes, und schon ist alles, wozu er vielleicht dreißig Jahre gebraucht hat, um es sich anzueignen, in meinem Besitz. Der Mensch kann vergessen, und er vergisst auch, aber mir bleibt alles erhalten.

Ich erkenne zum Beispiel jetzt an deinen Gedanken, dass du mich ziemlich gut verstehst. Aber fahren wir fort. Es kann durchaus vorkommen, dass der Elefant die Spinne aus irgendwelchen Gründen mag – sofern er sie überhaupt sieht – aber er wird sie nie lieben können. Seine Liebe gilt immer nur seinesgleichen, seiner eigenen Spezies. Die Liebe eines Engels ist erhaben, verehrenswert, jenseits dessen, was der Mensch sich vorstellen kann – unendlich weit davon entfernt. Aber sie beschränkt sich auf seine eigene majestätische Gattung. Würde sie sich auch nur für einen Augenblick einem Vertreter eures Geschlechts zuwenden, würde dieser sofort zu Schutt und Asche verbrennen. Nein, wir können die Menschen nicht lieben, aber sie können uns auf harmlose Weise gleichgültig sein; und manchmal können wir sie sogar mögen. Ich zum Beispiel mag dich und die anderen Jungen. Ich mag auch Pater Petrus, und nur euretwegen habe ich all jene Dinge für die Dorfbewohner vollbracht."

Er sah, dass mir ein sarkastischer Gedanke kam, und er erläuterte seine Haltung.

„Ich habe zum Wohl der Dorfbewohner gehandelt, auch wenn es auf dem ersten Blick nicht so aussieht. Euer Geschlecht ist nicht in der Lage, Glück und Unglück zu unterscheiden. Sie verwechseln das eine mit dem anderen. Das liegt daran, dass sie nicht in die Zukunft blicken können. Was ich für die Dorfbewohner tue, wird eines Tages Früchte bringen; in einigen Fällen für sie selbst, in anderen Fällen für die heute noch Ungeborenen. Niemand wird jemals erfahren, dass ich die Ursache von all dem war, und dennoch ist es so. Bei euch Jungs gibt es ein Spiel: Ihr stellt eine Reihe von Ziegelsteinen nebeneinander auf, mit einigen Zentimetern Abstand dazwischen. Dann werft ihr einen der Steine um, der dadurch seinen Nachbarstein zu Fall bringt. Der wiederum stößt seinerseits einen Nachbarstein um – und so geht es immer weiter, bis irgendwann sämtliche Steine umgefallen sind. So ist das menschliche Leben. Die Geburt eines Kindes bringt den ersten Stein zum Umfallen, der weitere Verlauf der Dinge ist dann nicht mehr aufzuhalten. Könntet ihr wie ich in die Zukunft blicken, würdet ihr den Sinn dessen erkennen, was einer Kreatur zustößt; denn nachdem das erste Ereignis seinen Lebensplan festgelegt hat, ist nichts mehr zu ändern, da jedes Ereignis unweigerlich zu einem anderen Ereignis führt, das wiederum selbst ein Ereignis hervorbringt, und so weiter bis zum Ende, und der Seher kann diese Ereigniskette überblicken, und er weiß auch, wann jedes dieser Ereignisse stattfinden wird, von der Wiege bis zum Grab.“

„Ist es Gott, der diesen Plan festlegt?“

„Der ihn vorherbestimmt, meinst du? Nein. Es sind die Gegebenheiten und Lebensumstände des Menschen, die ihn festlegen. Seine erste Tat führt zur nächsten und zu allen Taten, die darauf folgen. Aber stellen wir uns einmal spaßeshalber vor, der Mensch würde eins dieser Ereignisse einfach überspringen. Nehmen wir an, es wäre vorgesehen, dass er an einem bestimmten Tag zu einer bestimmten Stunde, Minute, Sekunde und dem Bruchteil einer Sekunde zum Brunnen geht, und er würde es nicht tun. Der Lebenslauf dieses Menschen würde sich ab diesem Augenblick von Grund auf ändern. Bis zu dem Tag, an dem er stirbt, würde er sich von dem, was er mit seiner

Geburt eingeleitet hat und was für ihn vorgesehen war, völlig entfernen. Es könnte natürlich sein, dass er, wäre er zum Brunnen gegangen, zum König geworden wäre, nun aber als Bettler und Almosenempfänger sterben muss – nur weil er diese Tat nicht ausgeführt hat. Ein Beispiel: Wenn Kolumbus zu irgendeinem Zeitpunkt – sagen wir, als kleiner Junge – das noch so unwichtigste Glied in der Ereigniskette ausgelassen hätte, die er durch sein erstes Handeln als Kind selbst in Gang gesetzt hat, hätte sein ganzes darauffolgendes Leben sich verändert. Er wäre Priester geworden und unter ominösen Umständen in einem italienischen Dorf gestorben, und Amerika wäre in den nächsten zwei Jahrhunderten nicht entdeckt worden. Ich weiß das. Es gab Milliarden von Dingen, die Kolumbus in seinem Leben tun musste, doch wenn auch nur ein einziges gefehlt hätte, wäre sein ganzes Leben völlig anders verlaufen. Ich habe mir sämtliche Milliarden seiner möglichen Lebensläufe angesehen, aber nur einer davon führte zur Entdeckung Amerikas. Ihr Menschen seid euch nicht im Klaren darüber, dass all eure Handlungen die gleiche Größe und Wertigkeit haben, aber es ist so; wenn ihr irgendeine ganz bestimmte Fliege erschlagt, ist das für euer Schicksal ebenso bedeutsam wie jedes andere ganz bestimmte Handeln …“

„So bedeutsam wie zum Beispiel die Eroberung eines Kontinents?“

„Ja. Aber es ist so, dass der Mensch nie einen dieser vorgesehenen Schritte auslässt – es ist noch nie geschehen! Selbst wenn er zu entscheiden versucht, ob er eine gewisse Sache ausführen will oder nicht, ist auch das nur ein Glied in der Kette – eine Handlung, die genau an der passenden Stelle erfolgt; und egal wie er sich entscheidet, es stand vorher schon völlig fest. Du siehst also, der Mensch wird niemals ein Glied in dieser Kette überspringen können. Es geht nicht. Wenn er sich dazu entschließen würde, es zu versuchen, wäre dieses Vorhaben ebenfalls wiederum nur ein unausweichliches Glied in der Kette, zu dem ihn seine Gedanken genau in dem Moment bewegt hätten, der bei seinem ersten Handeln als Säugling längst festgelegt war."

Das klang alles so hoffnungslos!

„Er ist sein Leben lang ein Gefangener", sagte ich, „Und kann sich nicht befreien."

„Nein, von sich aus hat er keine Möglichkeit, die Folgen seiner ersten Handlung als Kind zu umgehen. Aber ich kann ihn befreien."

Ich blickte wehmütig nach oben.

„Ich habe die Lebensläufe einiger eurer Dorfbewohner verändert", sagte er.

Ich versuchte, ihm zu danken, wusste aber nicht wie, also ließ ich es sein.

„Und das war noch nicht alles", sagte er. „Du kennst doch die kleine Lisa Brandt?"

„Natürlich, die kennt jeder. Meine Mutter sagt, sie ist so zart und liebreizend wie kein anderes Kind. Sie wird eines Tages, wenn sie groß ist, der Stolz des ganzen Dorfes sein, sagt sie. Und auch jedermanns Vorbild, aber das ist sie ja bereits jetzt."

„Ich werde ihre Zukunft verändern."

„Besser machen?" fragte ich.

„Ja. Und auch die Zukunft von Nikolaus werde ich verändern."

Jetzt war ich plötzlich froh und sagte: „Ich glaube, ich muss nicht genauer nachfragen, weil ich mir sicher bin, dass du nur zum Wohl der beiden handeln wirst."

„Das ist meine Absicht."

Sofort entstand in meinem Kopf ein Bild von Nickis glorreicher Zukunft, und fast schon sah ich ihn als hochrangigen General oder Hofmeister im Palast des Königs, als mir auffiel, es war Satans Wunsch, dass ich ihm noch weiter zuhörte. Es beschämte mich, dass ich ihm meine banalen Vorstellungsbilder offenbart hatte, und ich erwartete, dass er darauf mit Sarkasmus reagierte, doch das war nicht der Fall. Er nahm seinen Faden einfach wieder auf:

„Nicki ist dazu ausersehen, zweiundsechzig Jahre alt zu werden."

„Ist doch großartig!"

„Und Lisa sollte eigentlich sechsunddreißig werden. Aber ich sagte dir ja, ich werde ihren Lebensplan verändern, und somit ändert sich auch das Alter, in dem sie sterben werden. In zwei Minuten und fünfzehn Sekunden wird Nikolaus aus dem Schlaf erwachen und merken, dass es zum Fenster hereinregnet. Eigentlich war es so vorgesehen, dass er sich auf die andere Seite dreht und wieder einschläft. Aber ich habe beschlossen, dass er erst aufstehen und das Fenster schließen wird. Diese Kleinigkeit wird den Ablauf seines Lebens von Grund auf verändern. Er wird morgen früh zwei Minuten später erwachen als es in seinem Lebensplan vorgesehen ist. Dadurch wird keins der Dinge, die ihm in Zukunft widerfahren, seinem bisherigen Lebensplan entsprechen." Er zog seine Armbanduhr aus der Tasche und starrte eine Zeit lang schweigend auf das Zifferblatt. Dann sagte er: „Nikolaus ist gerade aufgestanden, um das Fenster zuzumachen. Sein Leben hat sich verändert, ein neuer Ablaufplan hat begonnen. Das hat natürlich Konsequenzen."

Ein ungutes Gefühl beschlich mich; was er sagte, klang irgendwie unheimlich.

„Als Folge dieser Veränderung werden in zwölf Tagen einige Dinge geschehen. Zum Beispiel sollte Nikolaus eigentlich Lisa vor dem Ertrinken retten. Er sollte genau im richtigen Moment eintreffen – vier Minuten nach zehn, einem vor langer Zeit festgelegten Zeitpunkt – und sie wäre noch im seichten Wasser gewesen, und sein Unterfangen leicht und gefahrlos zu bewerkstelligen. Nun aber wird er ein paar Sekunden zu spät kommen, und Lisa wird auf Grund ihres Todeskampfes bereits in tieferes Wasser geraten sein. Er wird zwar sein Bestes tun, aber sie werden beide ertrinken.“

„Ach, Satan, lieber Satan!“ rief ich, während in meinen Augen Tränen hochstiegen. „Tu ihnen das nicht an! Lass es nicht geschehen. Ich könnte es nicht überwinden, Nikolaus zu verlieren. Er ist mein geliebter Spielkamerad und Freund; und denk bitte auch an Lisas arme Mutter!“

Ich klammerte mich an ihm fest, bettelte und flehte, doch er blieb ungerührt. Er bat mich, wieder Platz zu nehmen, und sagte, ich müsse mir seine Geschichte schon bis zu Ende anhören.

„Ich habe das Leben von Nikolaus verändert, und dadurch hat sich auch das von Lisa verändert. Hätte ich es nicht getan, hätte er Lisa gerettet und wegen seiner durchnässten Kleider eine Erkältung bekommen. Und wäre als Folge davon an der verheerenden Krankheit namens Scharlach erkrankt, die eurer Spezies zu eigen ist – mit bedauernswerten Folgen. Er hätte die nächsten sechsundvierzig Jahre als gelähmter Klotz in seinem Bett verbringen müssen, taub, abgestumpft und blind, und Tag und Nacht darum gebetet, der Tod möge ihn von seinem Leid erlösen. Soll ich meine Lebenskorrektur rückgängig machen?“

„Oh, nein! Nicht um alles in der Welt! Lass alles so, wie es jetzt ist, lass Gnade und Mitleid walten.“

„Es ist wohl am besten so. Ich hätte kein anderes Glied in seiner Lebenskette verändern können, um ihm diesen großen Dienst zu erweisen. Es gab Milliarden von Möglichkeiten, wie sein Leben hätte verlaufen können, aber keine von ihnen erschien mir lebenswert; jede war mit Elend und Unglück verbunden. Doch dank meines Einschreitens wird er in zwölf Tagen seine tapfere Tat vollbringen – und dadurch belohnt werden, dass ihm sechsundvierzig Jahre voll Kummer und Leid erspart bleiben. Es ist einer jener Fälle, von denen ich vor kurzem sagte, dass eine Stunde voll Glück und Selbstzufriedenheit oft mit vielen Jahren des Leidens bezahlt – oder bestraft – werden.“

Ich fragte mich, wovor die arme kleine Lisa durch ihren Tod

bewahrt werden würde. Er antwortete auf meinen Gedanken:

„Vor zehn Jahren Leid, die sie durchleben müsste, um sich von einem Unfall zu erholen. Und danach vor neunzehn Jahren Schmutz und Schande, Verderbtheit und Verbrechen, die sie schließlich beim Scharfrichter hätten enden lassen. In zwölf Tagen wird sie sterben, und ihre Mutter würde sicher alles tun, um sie vor dem Tod zu bewahren. Bin ich nicht gnädiger als ihre Mutter?“

„Ja, in der Tat. Und weiser.“

„Der Fall von Pater Petrus wird demnächst verhandelt werden. Man wird ihn freisprechen, denn er wird seine Unschuld mit hieb- und stichfesten Argumenten unter Beweis stellen können.“

„Wirklich, Satan? Wie kann das sein? Glaubst du das tatsächlich?“

„Nein, ich weiß es. Er wird seinen guten Ruf zurückgewinnen und glücklich bleiben bis an sein Lebensende.“

„Das kann ich gar nicht glauben. Aber wenn er seinen Ruf wiederherstellen kann, wird ihn das sicher glücklich machen.“

„Das wird nicht die Ursache sein. Ich werde an diesem Tag sein ganzes Leben zum Guten verändern. Dass er seinen guten Ruf wiedererlangt hat, wird er nie erfahren.“

In meinem Kopf – und in aller Bescheidenheit – grübelte ich über die Einzelheiten nach, doch Satan schenkte meinen Gedanken keinerlei Beachtung. Dann kam mir der Astrologe in den Sinn, und ich fragte mich, wo er wohl steckte.

„Auf dem Mond“, sagte Satan und stieß dabei einen Laut aus, den ich als Kichern deutete. „Ich habe ihn dorthin verfrachtet, und zwar auf die kalte Seite. Er weiß nicht, wo er ist, und es geht ihm dort gar nicht gut. Für ihn aber ist es gut genug – genau der richtige Ort für seine Sternenberechnungen. Ich werde ihn in Kürze noch brauchen; dann hole ich ihn wieder zurück und nehme ihn mir noch einmal vor. Auf ihn wartet eigentlich ein langes und grausames und abscheuliches Leben, aber ich werde das ändern, da ich im Grunde nichts gegen ihn habe und ihm einen Gefallen tun will. Ich werde wohl dafür sorgen, dass man ihn verbrennt."

Er hatte ziemlich eigenartige Vorstellungen davon, was es hieß, jemandem einen Gefallen zu tun. Aber Engel sind nun mal so und wissen es nicht besser. Ihre Wege sind nicht unsere Wege; außerdem sind die Menschen für sie ein Nichts; sie halten sie allerhöchstens für arme Irre. Dass er den Astrologen allerdings in so weite Ferne verbannt hatte, erschien mir eigentümlich; er hätte ihn doch ebenso gut nach Deutschland bringen können, dort wäre er wenigstens in Reichweite gewesen.

„Weite Ferne?" sagte Satan. „Für mich ist nichts weit entfernt; so etwas wie Entfernungen gibt es für mich gar nicht. Die Sonne ist kaum weniger als hundert Millionen Meilen von uns entfernt, und ihr Licht braucht acht Minuten, um uns zu erreichen; ich aber kann denselben Weg in einer so winzigen Zeitspanne zurücklegen, dass der große Zeiger auf einer Armbanduhr sich dabei nicht bewegt hätte. Ich muss mir die Reise nur denken, und schon ist sie geschehen."

Ich streckte meine Hand aus und sagte: „Siehst du das Licht, das darauf fällt? Verwandle es in ein Glas Wein, Satan."

Er tat es, und ich trank den Wein.

„Zerbrich das Glas", sagte er.

Ich tat es.

„Nun siehst du, das Glas war echt. Die Dorfbewohner dachten, die Messingbälle wären magische Gegenstände und vergänglich wie Rauch. Sie scheuten sich davor, sie zu berühren. Eure Rasse ist schon ein seltsames Völkchen. Aber jetzt komm mit – ich habe zu tun. Ich werde dich zu Bett bringen."

Gesagt, getan. Danach war Satan verschwunden, doch seine Stimme drang zu mir durch die Dunkelheit und den Regen: „Erzähl es Seppi, aber keinem anderen."

Es war seine Antwort auf die Frage, die mir soeben durch den Kopf gegangen war.

Kapitel VIII

Ich konnte nicht einschlafen. Nicht, weil ich vielleicht stolz auf meine Reisen war, oder begeistert davon, den weiten Weg nach China zurückgelegt zu haben; auch nicht, weil ich jetzt verächtlich auf Bartel Sperling herabblickte, der sich selbst als „Mann von Welt" bezeichnete und andere herablassend behandelte, nur weil er einmal in Wien gewesen war – der einzige Junge aus Eselsdorf, der je eine solche Reise unternommen und die Wunder der Welt erblickt hatte. An anderen Tagen hätte mich so etwas am Einschlafen gehindert, aber jetzt berührte es mich gar nicht. Nein, es war Nikolaus, um den meine Gedanken kreisten. Die guten Zeiten, die wir miteinander erlebt hatten, und ausgelassen und fröhlich durch die Wälder getollt waren. Die langen Sommertage, die ich mit ihm am Fluss und auf den Feldern verbracht hatte, und die Wintertage, an denen ich mit ihm Schlittschuhlaufen ging oder Schlitten fuhr, während unsere Eltern glaubten, wir seien in der Schule.

Und nun sollte sein junges Leben jäh zu Ende gehen, und Sommertage wie Wintertage würden kommen und gehen, und wir anderen uns draußen herumtreiben und spielen, ganz wie früher, nun aber ohne ihn. Wir würden ihn nie mehr wiedersehen.

Wenn ich ihm morgen begegnete, würde er nichts ahnen, nein, er würde sein wie immer, und jedes Mal, wenn er lachte oder seine albernen und anzüglichen Späße trieb, würde ich erschrecken, denn für mich war er ein Leichnam, mit wachsweißen Händen und glanzlosen Augen, das Gesicht in ein Leichentuch gehüllt. Doch auch am nächsten Tag würde er nichts ahnen, und am übernächsten auch nicht. Die wenigen Tage, die ihm noch blieben, würden dahineilen, und der verhängnisvolle Tag immer näher rücken, während das Netz des Schicksals, das ihn umgab, sich immer fester zuzog, und keiner würde davon wissen, außer Seppi und mir.

Zwölf Tage – nur noch zwölf Tage. Eine schreckliche Vorstellung. Mir fiel auf, dass ich ihn in Gedanken plötzlich nicht mehr mit seinem Spitznamen – Nick oder Nicki – bezeichnete, sondern mit seinem vollständigen Namen, und das ganz in Ehrfurcht, so wie man von Toten spricht. So viel von dem, was wir miteinander erlebt hatten, ging mir auf einmal durch den Sinn, und am häufigsten waren es Begebenheiten, bei denen ich ihn ungerecht behandelt oder verletzt hatte, und ich machte mir bittere Vorwürfe, mein Herz war voller Bedauern, wie es nun mal so ist, wenn wir daran denken, wie schlecht wir manche Freunde behandelt haben, die hinter dem großen Nebel verschwunden sind. Wir wünschen uns dann, sie könnten wiederkehren, wenn auch nur für einen Augenblick, so dass wir vor ihnen auf die Knie fallen und sagen könnten: „Sieh es mir nach! Vergib mir!"

Ich erinnere mich an einen Tag, als wir neun Jahre alt waren und er den fast zwei Meilen langen Weg zum Obsthändler gelaufen war, der ihm als Belohnung dafür einen wunderschönen großen Apfel gab, und er war fast außer sich vor Freude und Erstaunen. Dann begegnete er mir und ließ ihn mich in die Hand nehmen, nichtsahnend und voller Vertrauen. Und was tat ich? Lief mit dem Apfel davon, aß ihn auf, während ich rannte, und als er mich endlich eingeholt hatte, konnte ich ihm nur noch das Kerngehäuse zurückgeben. Es war alles, was übrig geblieben war, und ich lachte. Dann wandte er sich ab, weinend, und sagte, er hatte ihn eigentlich seiner kleinen Schwester schenken wollen. Das versetzte mir einen Schlag, denn das Mädchen erholte sich gerade von einer Krankheit, und er wäre vermutlich so stolz auf sich gewesen, wenn sie gestaunt und sich gefreut und ihn umarmt hätte. Aber ich schämte mich zu sagen, dass ich mich schämte, und so sagte ich etwas Grobes, etwas Gemeines, um den Anschein zu erwecken, es wäre mir egal, und er antwortete mir nicht mit Worten, aber ich sah den verwundeten Blick in seinen Augen, als er sich abwandte und nach Hause lief. Wie oft war mir diese Szene über all die Jahre wieder eingefallen, manchmal mitten in der Nacht, dann machte ich mir Vorwürfe und schämte mich aufs Neue. Nach und nach verblasste die Erinnerung, dann verschwand sie ganz; aber nun war sie wieder da, und diesmal wollte und wollte sie nicht verblassen.

Einmal, in der Schule, als wir elf Jahre alt waren, verschüttete ich meine Tinte und verunstaltete dadurch vier Schreibhefte. Dafür wäre ich vom Lehrer hart bestraft worden. Aber ich schob es ihm in die Schuhe, und so war er es, der die Schläge bekam.

Und erst im vergangenen Jahr hatte ich ihn übers Ohr gehauen, als ich ihm einen großen, beschädigten Angelhaken für drei kleine, aber völlig makellose Haken andrehte. Schon beim ersten Fisch, den er fing, zerbrach der Haken, doch er gab nicht mir die Schuld und verweigerte mein Angebot, ihm einen der kleinen Haken zurückzugeben, wie mein Gewissen es von mir verlangte, sondern sagte: „Geschäft ist Geschäft. Der Haken ist zwar nicht in Ordnung, aber das war nicht deine Schuld.“

Nein, ich fand in dieser Nacht keinen Schlaf. Diese kleinen, schäbigen Missetaten nagten an meinem Gewissen und quälten mich, und mir war elender zumute, als hätte ich sie an einem Lebenden begangen. Na schön, Nikolaus lebte ja noch, aber für mich war er schon so gut wie tot. Und noch immer seufzte der Wind auf dem Dach, noch immer schlug der Regen an die Scheiben.

Am Morgen suchte ich nach Seppi, um ihm alles zu erzählen. Wir standen am Fluss, und seine Lippen bewegten sich, doch er sagte nichts, sondern starrte nur fassungslos und wie benommen vor sich hin, und sein Gesicht verfärbte sich weiß. Eine ganze Weile lang stand er so da, und Tränen quollen aus seinen Augen, dann wandte er sich ab, und ich hakte mich bei ihm unter, doch während wir weiterliefen, dachte er nur nach und sprach kein Wort. Wir überquerten die Brücke und bummelten über die Wiese, dann bergauf zu den Wäldern, und irgendwann redeten wir dann doch wieder, ganz ungezwungen, und es ging nur um Nikolaus. Wir tauschten Erinnerungen aus der Zeit, die wir mit ihm hatten verbringen dürfen. Und immer wieder sagte Seppi, als führe er ein Selbstgespräch:

„Nur noch zwölf Tage. Seine letzten."

Wir beschlossen, die ganze Zeit, die ihm noch blieb, mit ihm zu verbringen; wir wollten noch so viel wie möglich von ihm haben. Die Tage waren kostbar geworden. Trotzdem suchten wir nicht nach ihm. Es wäre wie die Begegnung mit einem Toten gewesen, und davor fürchteten wir uns. Keiner von uns sprach es aus, aber es war genau das, was wir empfanden. Deshalb versetzte es uns einen richtigen Schlag, als wir um eine Ecke bogen, und Nikolaus leibhaftig auf uns zukommen sahen.

„Hallo, Leute", rief er fröhlich. „Was ist denn mit euch los? Habt ihr ein Gespenst gesehen?"

Wir brachten kein Wort hervor, aber es bot sich auch keine Gelegenheit. Er redete für drei, denn er hatte soeben eine Begegnung mit Satan gehabt und war noch immer ganz aufgekratzt. Satan hatte ihm von unserem Abstecher nach China berichtet, und Nikolaus hatte ihn darum gebeten, ihn auch auf eine Reise mitzunehmen, und Satan hatte geantwortet, ja, das werde er tun. Es würde eine sehr weite Reise werden, aber schön und beschaulich; und Nikolaus hatte ihm vorgeschlagen, uns beide doch auch mitzunehmen, aber Satan sagte, nein, das gehe nicht; vielleicht eines Tages, aber nicht jetzt. Am Dreizehnten, sagte Satan, würde er ihn abholen, und Seppi war so aufgeregt, dass er jetzt schon die Stunden zählte.

Der Dreizehnte – sein Todestag. Auch wir zählten bereits die Stunden.

Wir liefen einige Meilen weit, immer entlang der Wege, auf denen wir früher so oft herumgetollt waren, und sprachen nur über die alten Zeiten. Doch nur Nikolaus war von Freude erfüllt; wir anderen konnten unsere Schwermut nicht bändigen. Wenn wir mit Nikolaus sprachen, waren wir auf seltsame Weise freundlich und sanft, und wir hofften, er würde es merken und sich darüber freuen. Und andauernd erwiesen wir ihm kleine Gefälligkeiten und sagten: „Warte, das mache ich für dich", und auch das freute ihn.

Ich schenkte ihm sieben Angelhaken – meinen gesamten Bestand – und beharrte darauf, dass er sie annahm; und Seppi schenkte ihm sein neues Messer und einen gelbrot bemalten Brummkreisel – alles, wie mir später klar wurde, Entschädigungen für die kleinen Gaunereien, die wir früher oft mit ihm getrieben hatten und an die sich Nikolaus vermutlich gar nicht mehr erinnerte. Wir spürten, dass er gerührt war und nie geglaubt hätte, dass wir ihn so gern hatten; und sein Stolz und seine Dankbarkeit zerriss uns das Herz, weil wir es eigentlich gar nicht verdient hatten. Als wir uns später trennten und nach Hause mussten, strahlte er übers ganze Gesicht und sagte, einen so schönen Tag habe er noch nie erlebt.

Als wir heimliefen, sagte Seppi: „Wir haben ihn immer geschätzt. Aber nie so sehr wie jetzt, wo wir wissen, dass er sterben muss."

Auch an den nächsten Tagen verbrachten wir all unsere freie Zeit mit Nikolaus, und manchmal vernachlässigten wir (wie auch er) unsere Arbeiten und Pflichten, nur um zusammen sein zu können. Dafür mussten wir natürlich jede Menge Rügen und Strafandrohungen in Kauf nehmen. Jeden Morgen, wenn wir aufwachten, erschauerten wir bis ins Mark, und während die Tage dahineilten, zählten wir mit: „Nur noch zehn; nur noch neun; acht; sieben", die Zeit wurde immer knapper. Und Nikolaus war die ganze Zeit über fröhlich und vergnügt, und konnte gar nicht begreifen, warum wir es nicht auch waren, und er tat sein Bestes, um uns ebenfalls aufzumuntern, jedoch mit nur mäßigem Erfolg. Er merkte sofort, dass unsere Heiterkeit nicht von Herzen kam und dass unsere Lachausbrüche gegen eine

Barriere ankämpfen mussten und meist in einem Seufzen verebbten. Natürlich versuchte er, den Grund dafür zu erforschen, damit er uns helfen oder in unserem Kummer zumindest hätte beistehen können. Um ihn zu täuschen und zu besänftigen, blieb uns nichts anderes als zu lügen.

Was uns jedoch am meisten zu schaffen machte, war, dass er die ganze Zeit über Pläne schmiedete, die sich nicht selten über den Dreizehnten hinaus erstreckten. Immer, wenn so etwas vorkam, begannen wir innerlich zu klagen, während er die ganze Zeit nach einer Lösung suchte, um uns von unserer Schwermut zu heilen und ein bisschen fröhlicher zu machen. Als es soweit war und er nur noch drei Tage zu leben hatte, glaubte er, auf die richtige Idee gekommen zu sein und war darüber außer sich vor Stolz und Freude – ein ausgelassener Tag im Wald, für Jungs und Mädels, mit fröhlichem Tanz, genau dort, wo wir Satan zum ersten Mal getroffen hatten, und er plante es für den Vierzehnten. Es war entsetzlich, denn genau an diesem Tag würde er beerdigt werden. Aber was hätte es uns genutzt, Einspruch zu erheben? Er hätte nur nach dem Warum gefragt, und wir hätten ihm die Antwort schuldig bleiben müssen. Er bat uns, zusammen mit ihm eine Liste der Gäste zu erstellen, die wir einladen würden, und wir folgten seiner Bitte – man kann einem Freund nichts verweigern, von dem man weiß, dass er bald sterben muss. Doch es war furchtbar, denn im Grunde luden wir sie alle zu seiner Beerdigung ein.

Diese letzten elf Tage waren entsetzlich. Und dennoch kann ich heute, wo seit jenen Tagen ein ganzes Leben vergangen ist, mit Fug und Recht behaupten, dass sie auch schön waren und eine Erinnerung, für die ich stets dankbar sein werde. Es waren Tage tiefster Freundschaft, zusammen mit einem geliebten Todgeweihten, und nie mehr in meinem Leben ist mir jemand so nahe gestanden und so wertvoll gewesen. Wir klammerten uns an jede Stunde, an jede Minute, und die Zeit verging immer schneller, und ich erlebte jenes Gefühl von Schmerz und

Verlust, das ein Geizhals verspürt, wenn er tatenlos zusehen muss, wie all seine Schätze, jede einzelne wertvolle Münze in die Hände von Räubern fällt.

Am Abend des letzten Tages kamen wir alle zu spät nach Hause; es war meine und Seppis Schuld; wir hatten es einfach nicht geschafft, uns von Nikolaus zu trennen; und es war schon sehr spät in der Nacht, als wir ihn bis vor seine Tür begleiteten. Wir blieben noch eine Zeit lang in der Nähe und lauschten; und in der Tat, es geschah, was wir befürchtet hatten. Sein Vater verabreichte ihm die angedrohte Strafe, und wir hörten, wie Nikolaus schrie. Doch wir ertrugen es nur einen Moment lang, dann rannten wir davon, voller Selbstvorwürfe über das, was wir angerichtet hatten. Sogar sein Vater tat uns ein wenig Leid, weil wir uns sagten: „Er kann es ja nicht wissen. Er kann es ja nicht wissen."

Am nächsten Morgen erschien Nikolaus nicht am vereinbarten Ort, also gingen wir zu ihm nach Hause, um zu fragen, was los sei. Seine Mutter sagte:

„Seinem Vater ist jetzt endgültig der Geduldsfaden gerissen. Man sieht Nick ja fast den ganzen Tag nicht mehr zu Hause, und jedes Mal stellt sich heraus, dass er sich irgendwo mit euch beiden herumgetrieben hat. Gestern Abend hat er von seinem Vater eine Tracht Prügel bekommen. Ich hab das früher nie mitansehen können, und oft zu seinem Vater gesagt: Es reicht jetzt, hör auf! Aber diesmal habe ich nicht eingegriffen, da konnte er mich anflehen, wie er wollte. Ich hab jetzt nämlich auch die Nase voll."

„Gerade diesmal wäre es wichtig gewesen, dass Sie sich schützend vor ihn gestellt hätten", sagte ich, wobei meine Stimme ein wenig zitterte. „Es hätte Sie vor einem Kummer in Ihrem Herzen bewahrt, an den Sie sich eines Tages noch erinnern werden."

Da sie bügelte, während sie mit uns sprach, wandte sie uns den Rücken zu, aber jetzt drehte sie sich um, mit einem erschrockenen oder zumindest erstaunten Gesicht und fragte: „Wie meinst du das?"

Ihre Frage kam unvorbereitet, und ich wusste nicht, was ich sagen sollte. Ich stellte mich ziemlich ungeschickt an, aber Seppi sprang sofort für mich ein:

„Na ja, es wird Sie vielleicht freuen zu hören, dass Nikolaus, als wir so lange weg waren, uns erzählte, wie gut Sie immer zu ihm seien und dass er sich sicher fühle, solange Sie nur in seiner Nähe seien, weil er dann nie geschlagen würde. Und er erzählte es mit einer solchen Inbrunst, und auch wir hörten so voller Inbrunst zu, dass keiner von uns merkte, wie spät es schon geworden war."

„Das hat er wirklich gesagt? Sie wischte sich mit dem Zipfel ihrer Schürze das Auge.

„Fragen Sie Theodor – der kann es bestätigen."

„So ein lieber Junge, mein Nick, so ein freundlicher Bursche", sagte sie. „Es tut mir richtig Leid, dass ich nicht eingegriffen habe, als sein Vater ihn verprügelte. Es soll nie wieder vorkommen. Wenn ich mir das vorstelle: Während ich gestern Nacht hier saß und mir Sorgen machte und böse auf ihn war, lobte er mich vor euch und bezeugte, wie lieb er mich hat. Lieber Gott, wenn man es nur immer wüsste! Dann würde man keine solchen Dummheiten machen; aber wir Menschen sind nur armselige und stumpfsinnige Rohlinge, völlig ahnungslos, und begehen so viele Irrtümer. Immer wenn ich an letzte Nacht denke, wird es mir von nun an einen Stich im Herzen versetzen."

Es war mit ihr wie mit allen anderen; es war in diesen Unglückstagen nicht möglich, dass jemand den Mund öffnete, ohne etwas zu sagen, das uns erschauern ließ. Sie waren alle – wie sie sagte – ahnungslos, und in ihrer Ahnungslosigkeit sprachen sie Dinge aus, die auf erschreckende Weise zutrafen.

Seppi fragte, ob Nikolaus noch einmal mit uns hinausgehen dürfe.

„Tut mir leid", antwortete sie, „aber das geht nicht. Um ihn noch nachhaltiger zu bestrafen, hat sein Vater ihn unter Hausarrest gestellt."

Das verlieh uns Hoffnung! Ich konnte es aus Seppis Blick lesen. Wir dachten beide: „Wenn er das Haus nicht verlassen darf, kann er auch nicht ertrinken." Um ganz sicherzugehen, fragte Seppi:

„Muss er den ganzen Tag zu Hause bleiben, oder nur am Vormittag?"

„Den ganzen Tag. Das tut mir jetzt auch weh. Es ist so ein schöner Tag, und er ist es überhaupt nicht gewohnt, eingesperrt zu werden. Aber er bereitet schon in Gedanken sein Waldfest vor; vielleicht lenkt ihn das ja ein wenig ab. Ich hoffe, er fühlt sich nicht allzu einsam."

Ein Blick in ihre Augen ermutigte Seppi dazu, sie zu fragen, ob wir vielleicht zu ihm hochgehen und ihm ein wenig Gesellschaft leisten dürften.

„Aber gerne!" sagte sie, und ihre Antwort kam wirklich von Herzen. „Das nenne ich wahre Freundschaft – schließlich könntet ihr euch ebenso auf den Wiesen und in den Wäldern herumtreiben und anderweitig vergnügen. Ihr seid gute Jungs, auch wenn man es euch nicht immer gleich ansieht. Geht ruhig hinauf zu ihm. Hier, ich gebe jedem von euch ein Stück Kuchen mit – das dritte ist für Nikolaus. Sagt ihm, es sei von seiner Mutter."

Als wir Nikolaus' Zimmer betraten, fiel unser Blick als erstes auf die Uhr – sie zeigte viertel vor zehn an. Ob das stimmte? Falls ja, hatte er nur noch ein paar Minuten zu leben. Ich fühlte, wie mein Herz sich zusammenschnürte. Nikolaus sprang hoch und begrüßte uns freudig. Er war ganz außer sich, weil er bereits sein großes Fest plante, und schien sich nicht einsam gefühlt zu haben.

„Setzt euch", sagte er. „und seht euch an, was ich alles gemacht habe. Einen Drachen fertig gebastelt, der wirklich wun-

derschön ist. Ich habe ihn zum Trocknen in die Küche gelegt –
wartet, ich hole ihn."

Er hatte seine geringen Ersparnisse in lauter kleine Wunder
umgesetzt, die er bei den Spielen als Preise auszusetzen ge-
dachte, und alle lagen sie fein säuberlich aufgereiht auf seinem
Tisch.

„Ihr könnt euch alles in Ruhe ansehen", sagte er. „Ich gehe
inzwischen zu Mutter und bitte sie, ein paar Mal ihr Bügeleisen
über den Drachen gleiten zu lassen, falls er noch immer nicht
trocken ist."

Dann ging er raus, und wir hörten ihn pfeifend die Treppe
hinablaufen.

Wir sahen uns die Dinge natürlich nicht an; uns interessierte
im Moment nichts als die Uhr. Wir starrten schweigend auf das
Ziffernblatt, lauschten dem Ticken, und immer wenn der Minu-
tenzeiger nach vorne rückte, nickten wir wissend – wieder eine
Minute weniger im Wettlauf des Lebens mit dem Tod. Irgendwann atmete Seppi tief durch und sagte:

„Zwei Minuten vor zehn. Sieben Minuten noch, dann soll er
die Pforte zum Totenreich durchschreiten. Theodor, ich glaube,
er bleibt verschont! Ich glaube, er …"

„Psst! Ich sitze wie auf glühenden Kohlen. Schau auf die
Uhr und sei leise."

Noch fünf Minuten. Wir platzten beinahe vor Anspannung
und Aufregung. Nach drei Minuten hörten wir Schritte auf der
Treppe.

„Gerettet!" Wir sprangen hoch, den Blick zur Tür gerichtet.

Es war seine alte Mutter, die eintrat, den Drachen in der
Hand. „Ist er nicht wunderhübsch?" fragte sie. „Und meine Güte, was er sich damit abgerackert hat – schon seit Tagesan-
bruch, glaube ich, und er ist erst kurz bevor ihr kamt, damit fertig geworden." Sie lehnte den Drachen an die Wand, dann trat
sie einen Schritt zurück, um ihn zu bewundern. „Er hat alle
Bilder selbst gemalt, und ich glaube, er ist zufrieden damit. Die

Kirche ist ihm nicht so gut gelungen, wie ich finde, aber seht euch mal diese Brücke an – da erkennt jeder sofort, um welche Brücke es sich handelt. Er hat mich gebeten, ihn euch hochzubringen … Herrje! Es ist ja schon sieben nach zehn, und ich…"

„Aber wo ist er denn?"

„Nikolaus? Der wird gleich wieder da sein. Er ist nur mal kurz rausgegangen."

„Rausgegangen?"

„Ja. Als er runterging, kam Lisas Mutter vorbei und sagte, die Kleine sei irgendwo hingelaufen, und sie mache sich ein wenig Sorgen. Da sagte ich zu Nikolaus, er solle das Verbot seines Vaters einfach kurz vergessen und sie suchen gehen … Nanu, wieso seid ihr beide denn so bleich im Gesicht? Sieht fast aus, als würdet ihr krank werden. Setzt euch; ich bringe euch was. Der Kuchen scheint euch nicht bekommen zu sein. Er ist mir ein wenig üppig geraten, aber ich dachte …"

Sie sprach ihren Satz nicht zu Ende, sondern ging hinaus, und sofort stürzten wir beide ans Fenster und sahen hinaus zum Fluss. Am anderen Ende der Brücke hatte sich eine riesige Menschenmenge versammelt, und immer mehr Leute strömten aus allen Richtungen herbei.

„Oh Gott, es ist vorbei! Der arme Nikolaus. Warum nur, warum hat sie ihn aus dem Haus gehen lassen?"

„Komm, wir gehen", sagte Seppi, und seine Stimme erstickte in einem Schluchzen. „Schnell – ihr jetzt zu begegnen, würde ich nicht ertragen. In fünf Minuten wird sie alles erfahren."

Die geplante Flucht jedoch sollte uns nicht gelingen. Wir begegneten ihr am Ende der Treppe, wo sie mit einer Flasche Kräutertropfen stand und uns bat, mit hereinzukommen und eine Dosis davon einzunehmen. Dann wartete sie die Wirkung ab, die sie aber nicht zu befriedigen schien; also ließ sie uns noch länger warten und schimpfte auf sich selbst, dass sie uns von dem ungesunden Kuchen gegeben hatte.

Dann geschah das, wovor uns gegraut hatte. Von draußen

waren knirschende Schritte zu vernehmen, und eine Gruppe von Leuten trat ein, mit teilnahmsvollen Gesichtern, die Hüte vom Kopf genommen, und sie brachten die Leichname der beiden ertrunkenen Kinder und legten sie aufs Bett.

„Oh, mein Gott!" schrie die arme Mutter und sank auf die Knie. Sie legte die Arme um ihren toten Jungen und übersäte sein feuchtes Gesicht mit Küssen. „O je, o je, ich war es, die ihn fortgeschickt hat. Ich bin schuld an seinem Tod! Wäre ich den Weisungen seines Vaters gefolgt, hätte er zu Hause bleiben müssen, und all das wäre nicht geschehen. Und meine Strafe ereilt mich zu Recht. Ich war letzte Nacht so grausam zu ihm, und er hat mich – seine eigene Mutter – darum gebeten, ihm doch eine gute Freundin zu sein."

Und so redete sie immer weiter, und alle Frauen weinten, bedauerten sie und versuchten, sie zu trösten, doch sie konnte es sich nicht verzeihen und war für Trost nicht empfänglich. Ständig beteuerte sie, dass er noch leben könnte, wenn sie ihn nicht weggeschickt hätte und dass sie verantwortlich für seinen Tod sei.

Es bewies mir, wie ahnungslos Menschen sind, wenn sie sich für etwas, das sie getan haben, die Schuld geben. Satan jedoch wusste Bescheid und sagte, nichts könne geschehen, was du nicht durch die erste Tat deines Lebens selbst verursacht und unvermeidbar gemacht hast. Aus eigener Kraft kannst du an dem großen Plan nichts ändern, und es wird die nie gelingen, ein Glied aus dieser Ereigniskette zu brechen. Als nächstes hörten wir Schreie, und Frau Brandt bahnte sich, von hektischer Panik erfüllt, ihren Weg durch die Menge, nachlässig gekleidet und mit ungepflegtem Haar, und auch sie warf sich klagend auf den Leichnam ihres Kindes, küsste es, flehte zum Himmel und beteuerte ihre Liebe; und es dauerte lange, bis sie endlich, nahezu ausgelaugt von ihren Gefühlsregungen, wieder aufstand, die Fäuste ballte und drohend gen Himmel erhob. In ihr tränenüberströmtes Gesicht trat ein harter und unversöhnlicher

Ausdruck, und sie sagte:

„Schon seit zwei Wochen hatte ich Alpträume und böse Vorahnungen, als wollte mich jemand davor warnen, dass der Tod mir nehmen würde, was mir auf dieser Welt am meisten bedeutete, und jeden Tag und jede Nacht habe ich um Gnade gewinselt und Ihn gebeten, Er möge Erbarmen mit meinem unschuldigen Kind zeigen und es vor allem Übel bewahren. Dies ist nun seine Antwort!“

Er hat es ja getan, dachte ich. Er hatte es ja vor einem viel größeren Übel bewahrt. Sie wusste es nur nicht.

Die Frau wischte sich die Tränen aus den Augen und von ihren Wangen, und eine Weile stand sie da, starrte ihr totes Mädchen an und streichelte sein Gesicht und sein Haar. Dann sprach sie in bitterem Tonfall: „Aber in Seinem verhärteten Herz gibt es kein Mitleid. Nie wieder im Leben werde ich beten.“

Sie hob das tote Kind an ihre Brust und schritt davon. Die Menschenmenge wich zurück, um ihr den Weg freizumachen. Alle waren sie wie vor den Kopf gestoßen von den schrecklichen Worten, die sie ausgesprochen hatte. Diese arme Frau! Es war so, wie Satan sagte: Der Mensch kann ein glückliches von einem schlechten Los nicht unterscheiden, und ständig verwechselt er beides miteinander. So oft hatte ich von Menschen gehört, die um die Genesung von Kranken beteten, ich selbst jedoch hatte es nie getan.

Die beiden Begräbnisse fanden am nächsten Tag zur gleichen Zeit in unserer kleinen Kirche statt. Alle waren gekommen, auch die, die Nikolaus zu seinem Fest eingeladen hatte. Und auch Satan saß auf einer der Kirchenbänke, was nur recht und billig war, denn dank seiner hatte Nikolaus ja ohne Lossprechung von seinen Sünden aus dem Leben scheiden müssen, und es wurde Geld für Totenmessen gesammelt, die ihn vor dem Fegfeuer bewahren sollten. Es kamen nur zwei Drittel der benötigten Summe zusammen, und die Eltern versuchten, sich den fehlenden Betrag auszuleihen, doch darum kümmerte sich bereits Satan. Er verriet uns im Vertrauen, dass es so etwas wie ein Fegfeuer zwar gar nicht gebe, doch um Nikolaus' Eltern und Freunde weder Sorgen noch Kummer zu bereiten, würde er seinen Teil beisteuern. Wir schätzten das als äußerst gute Tat, doch er sagte, Geld sei für ihn mit keinerlei Kosten verbunden.

Auf dem Friedhof wurde Lisas kleiner Leichnam gegen einen Schuldschein eingesargt – von einem Zimmermann, dem die Mutter noch fünfzig Groschen für einen Auftrag vom Vorjahr schuldete. Sie hatte diesen Betrag nie begleichen können und konnte es auch jetzt nicht. Der Zimmermann nahm das tote Kind mit nach Hause und bewahrte es vier Tage lang in seinem Keller auf, während die Mutter fortwährend zu ihm kam, weinte und ihn anflehte. Dann begrub er das Kind auf der Rinderweide seines Bruders, ohne kirchliches Zeremoniell. Die Mutter wurde fast wahnsinnig vor Leid und Scham, verrichtete ihre häuslichen Pflichten nicht mehr und ging jeden Tag in die Stadt, verfluchte den Zimmermann und lästerte gegen die Gesetze des Kaisers und der Kirche, und es jammerte einen, das mit anzusehen. Seppi bat Satan, doch einzugreifen, doch er sagte, der Zimmermann und all die anderen seien nun mal Angehörige des Menschengeschlechts, und ihr Handeln entspreche in jeder Hinsicht dem Wesen dieser Tierart. Er würde eingreifen, wenn beispielsweise ein Pferd sich so verhielte – falls uns jemals ein Pferd über den Weg laufen sollte, dass sich auf derart menschliche Weise verhalten würde, sollten wir ihm Bescheid sagen, dann würde er etwas dagegen tun. Wir glaubten jedoch, dass er es sarkastisch meinte, denn ein solches Pferd gab es mit Sicherheit gar nicht.

Nach einigen Tagen aber hatten wir das Gefühl, wir könnten die arme Frau mit ihrem Kummer unmöglich allein lassen, also baten wir Satan, einmal sämtliche für sie in Frage kommenden Lebenswege zu überprüfen. Vielleicht würde er ja eine Gelegenheit finden, ihr das Leben zu erleichtern. Er antwortete, die längste Lebensdauer, die ihr zur Verfügung stehe, würde 42, die kürzeste 29 Jahre betragen, beide jedoch wären sie verbunden mit Sorgen, Hunger, Kälte und Schmerzen. Das einzige, was er für sie tun könne, bestünde darin, sie drei Minuten ihres Lebens überspringen zu lassen; und er fragte uns, ob wir das wünschten. Wir hatten jedoch so wenig Zeit, darüber nachzudenken, dass unsere Nervosität uns fast in den Wahnsinn trieb, und bevor wir uns fassen und genauer nachfragen konnten, sagte er, bis dorthin seien es nur noch wenige Sekunden; also antworteten wir keuchend: „Ja, tu es!"

„Es ist geschehen", sagte er. „Sie wollte gerade um eine Ekke gehen, aber ich hab dafür gesorgt, dass sie kehrt machte. Dadurch hat sich ihr Lebensweg geändert."

„Und was wird jetzt passieren, Satan?"

„Es passiert soeben. Sie streitet sich gerade mit Fischer, dem Weber. Und sein Zorn wird Fischer dazu bewegen, etwas zu tun, das er sonst nicht getan hätte. Er war schließlich dabei, als sie über den Leichnam ihres Kindes gebeugt stand und Gotteslästerungen ausstieß."

„Was wird er tun?"

„Er tut es bereits – er schwärzt sie an. In drei Tagen wird sie auf dem Scheiterhaufen landen."

Wir waren sprachlos, vor Schrecken wie erstarrt. Hätten wir uns nicht in ihr Leben eingemischt, wäre ihr dieses grausame Schicksal erspart geblieben. Satan las unsere Gedanken und sagte:

„Ihr denkt eben genau, wie Menschen denken – nämlich töricht. Diese Frau hat nur gewonnen. Wann auch immer sie stirbt – sie wird in den Himmel kommen. Auf Grund ihres vorzeitigen Todes wird sie aber auch neunundzwanzig Jahre früher in den Himmel kommen als ursprünglich vorgesehen, was bedeutet, dass ihr neunundzwanzig Jahre Elend hier auf Erden erspart bleiben."

Noch einen Augenblick zuvor waren wir verbittert und fest

entschlossen gewesen, Satan nie mehr um eine Gefälligkeit für einen unserer Freunde zu bitten, da es so aussah, als wäre das einzig Gute, was er für einen Mensch tun könne, darin bestand, ihn umzubringen; nun aber hatte sich unser Blickwinkel erweitert, und wir waren froh darüber, ihn um Hilfe gebeten zu haben, und der Gedanke daran erfüllte uns mit Glück.

Nach einer Weile fühlte ich mich unbehaglich, wenn ich an Fischer dachte, und ich fragte zaghaft: „Wird dieser Vorfall auch etwas an seinem Lebensplan ändern, Satan?“

„Etwas daran ändern? Selbstverständlich, und sogar grundlegend. Wäre er nicht vor einer Weile mit Frau Brandt aneinander geraten, hätte er nächstes Jahr sterben müssen, im Alter von vierunddreißig Jahren. Nun aber wird er neunzig werden, immer gut abgesichert sein und sich niemals Sorgen machen müssen wie manch andere Menschen.“

Was wir für Fischer getan hatten, erfüllte uns mit Freude und Stolz, und wir rechneten eigentlich damit, Satan könne dieses Gefühl nachempfinden; doch er verzog keine Miene, was bei uns ein gewisses Unbehagen verursachte. Wir warteten darauf, dass er etwas sagte, doch er tat es nicht; und um unsere Besorgtheit zu lindern, fragten wir Satan, ob an Fischers Glück irgendwo ein Haken sei. Er ließ sich unsere Frage kurz durch den Kopf gehen, dann sagte er, etwas zögerlich:

„Nun, das ist ein heikler Punkt. Bei allen sonstigen, für ihn in Frage kommenden Lebensläufen wäre er in den Himmel gekommen.“

Wir erschraken. „Oh, Satan … und jetzt …?“

„Grämt euch deswegen nicht. Ihr habt versucht, das Beste für ihn zu tun; das möge euch als Trost dienen.“

„Oh, bitte, bitte, lieber Freund, das reicht uns nicht als Trost. Du hättest uns vorher sagen müssen, was wir anrichten würden, dann hätten wir uns anders entschieden.“

Unsere Worte beeindruckten ihn nicht. So etwas wie Schmerz oder Kummer hatte er nie empfunden, ja, er wusste vermutlich nicht einmal, was das war. Alles, was er darüber wusste, war theoretischer, also gewissermaßen intellektueller Natur, und das ist ganz und gar nicht gut. Von gewissen Dingen kann man sich, solange man sie nie selbst erlebt hat, nur eine leise oder vage Vorstellung machen. Wir taten alles, um ihm einen Eindruck davon zu vermitteln, was für eine unheilvolle Sache da geschehen war und wie sehr sie uns zu schaffen machte; er jedoch schien es nicht zu begreifen. Er sagte, es sei ihm egal, was mit Fischer geschehen würde; im Himmel würde man ihn nicht vermissen, dort sei schon „genug los". Wir versuchten, ihm begreiflich zu machen, dass sein Denken völlig am Kern der Sache vorbeigehe; und dass, wenn schon, doch Fischer selbst entscheiden müsse, wie wichtig oder unwichtig das sei. Doch es war aussichtslos. Satan sagte, er sei ihm völlig egal – Fischers gebe es jede Menge.

Ein paar Minuten später kam Fischer auf der anderen Straßenseite an uns vorbeigelaufen, und uns wurde ganz schlecht und schwindlig bei seinem Anblick, weil wir an das böse Schicksal denken mussten, das über ihm kreiste und an dem wir auch noch Schuld hatten. Und wie ahnungslos er war, was sich da hinter seinem Rücken abspielte. Man konnte an seinem flotten Gang und seiner aufgeräumten Stimmung erkennen, dass er stolz auf sich war, Frau Brandt so hart bestraft zu haben. Immer wieder drehte er sich erwartungsvoll um – und tatsächlich: Schon bald erschien dort Frau Brandt, im Gewahrsam zweier Beamter, gefangen in klirrenden Ketten. Eine aufgebrachte Meute folgte ihr, und sie verhöhnten sie und schrien: „Gotteslästerin! Ketzerin!" Unter ihnen waren auch einige ihrer Nachbarn sowie Freunde aus besseren Tagen. Einige versuchten, auf sie einzuschlagen, und die Beamten schienen nicht allzu bemüht, sie davon abzuhalten.

„Gebiete ihnen doch Einhalt, Satan!" Die Worte waren uns über die Lippen gekommen, ehe wir bedachten, dass jede Einmischung seinerseits ihren ganzen weiteren Lebensweg verändern würde. Er spitzte die Lippen und blies eine Prise Luft in ihre Richtung, und schon begannen sie zu schwanken und zu taumeln und ins Leere zu greifen; dann zerstreuten sie sich und flohen in alle Richtungen. Sie kreischten, als müssten sie unerträgliche Schmerzen erdulden, denn mit seinem kurzen Atemstoß hatte Satan jedem von ihnen eine Rippe gebrochen. Und wir konnten nicht umhin, ihn zu fragen, ob ihr Lebensplan sich nun verändert habe.

„Ja, völlig sogar. Manchen von ihnen sind nun ein paar Jahre mehr vergönnt, manchen ein paar Jahre weniger. Und einigen wenigen wird diese Veränderung sogar von Nutzen sein – aber wie gesagt, nur wenigen."

Wir fragten nicht, ob einige davon nun ein ebenso bitteres Los ertragen müssten wie der arme Fischer. Wir wollten es gar nicht wissen. Wir glaubten voll und ganz an Satans Bestreben, uns gefällig zu sein, allerdings schwand nach und nach unser Vertrauen in die Richtigkeit seiner Entscheidungen. Zu jener Zeit geschah es, dass unsere Hoffnung, er könne auch unseren Lebensweg überblicken und zum Besseren wenden, zum Stillstand kam, und wir wandten uns wieder anderen Dingen zu.

Einen oder zwei Tage lang wurde in unserem Dorf aufgeregt über die Sache mit Frau Brandt geschwatzt und geklatscht, und natürlich war auch die Rede von dem mysteriösen Unglück, das der Meute widerfahren war. Am Tag, an dem das Urteil über sie gesprochen wurde, drängte sich auf dem Platz eine Menschenmenge. Es fiel den Richtern nicht schwer, sie auf Grund ihrer Blasphemien schuldig zu sprechen, denn sie wiederholte ihre schrecklichen Worte aufs Neue und sagte, sie wolle nichts davon zurücknehmen. Als man sie darauf hinwies, dass sie damit ihr Leben gefährde, antwortete sie, man könne es ihr gerne nehmen, sie wolle es gar nicht mehr haben. Lieber würde sie bei erfahrenen Teufeln in der ewigen Verdammnis leben als bei diesen Heuchlern hier im Dorf. Man warf ihr vor, all jenen Leuten die Rippen mit Hilfe von Hexerei gebrochen zu haben, und sie wollten von ihr wissen, ob sie womöglich eine Hexe sei. Voller Verachtung antwortete sie:

„Nein. Wenn ich über Hexenkraft verfügte – glaubt ihr etwa, dass dann in fünf Minuten auch nur eine einzige von euch scheinheiligen Kreaturen noch leben würde? Nein, ich würde euch alle in den Tod schicken. Sprecht euer Urteil und dann macht mit mir, was ihr wollt. Ich bin eurer Gemeinschaft überdrüssig."

Und so wurde sie für schuldig befunden, und man exkommunizierte sie und erklärte, die Wonnen des Himmels würden ihr versagt bleiben, und beschloss, sie dem Feuer der Hölle anheimzugeben. Dann kleidete man sie in ein schäbiges Gewand und übergab sie den Schutzleuten, die sie zum Marktplatz führten, während die Glocke am Kirchturm feierlich die Stunde schlug. Wir beobachteten, wie man sie in Fesseln zum Scheiterhaufen führte, und sahen, wie die ersten dünnen Rauchschwaden in die stille Luft emporstiegen. Ihr harter Gesichtsausdruck wurde mild, und sie starrte auf die dicht gedrängte Menge vor sich und sprach in freundlichem Tonfall:

„Wir haben oft miteinander gespielt, vor langer Zeit, als wir noch arglose kleine Kinder waren. Allein deswegen vergebe ich euch."

Dann gingen wir und sahen nicht, wie das Feuer sie verzehrte, doch ihre Schreie konnten wir hören, obwohl wir uns die Ohren mit den Fingern verstopften. Als sie verstummten, wussten wir: Sie ist jetzt im Himmel, ungeachtet ihrer Exkommunizierung. Und wir waren glücklich über ihren Tod und bedauerten nicht, dass wir es waren, die ihn herbeigeführt hatten.

Eines Tages, kurz nach diesen Ereignissen, tauchte Satan wieder auf. Wir hielten ja stets Ausschau nach ihm, denn das Leben war einfach lebendiger, wenn er bei uns war. Er gesellte sich an dem gleichen Ort im Wald zu uns, wo wir ihm das erste Mal begegnet waren. Als Jungen sehnten wir uns natürlich nach Unterhaltung, und wir baten ihn, uns eine kleine Vorführung zu geben.

„Wie ihr wollt", sagte er. „Wollt ihr etwas über den geschichtlichen Fortschritt der menschlichen Rasse sehen? Wie sich das Gebilde, das der Mensch gern als Zivilisation bezeichnet, bis heute entwickelt hat?"

Gern, sagten wir.

Und so verwandelte er den Ort, an dem wir uns befanden, durch reine Gedankenkraft in den Garten Eden, und wir sahen Abel, wie er an seinem Altar betete. Dann trat Kain auf ihn zu, die Keule in der Hand, und er schien uns nicht zu sehen und wäre mir beinahe auf den Fuß getreten, hätte ich ihn nicht in letzter Sekunde zurückgezogen. Er redete mit seinem Bruder in einer Sprache, die wir nicht verstanden; dann wurde er ausfällig und bedrohte ihn, und wir wussten, was gleich geschehen würde, und wandten den Blick eine Zeit lang ab; doch wir hörten, wie seine Schläge auf ihn niederprasselten, vernahmen die Schreien und das Stöhnen. Danach trat Stille ein, und wir sahen, wie Abel in seinem Blut verendete und sein Leben aushauchte, und Kain stand vor ihm und sah auf ihn herab, voller Rachsucht und ohne Reue.

Daraufhin verblasste das Bild, und es folgte eine lange Serie uns unbekannter Kriege, Morde und Blutbäder. Als nächstes kam die Sintflut, und wir sahen die Arche über die aufgewühlte See schaukeln, während in der Ferne mächtige Felsen hinter einer Regenwand verschwammen. Satan sagte:

„Eure Rasse hat keine befriedigenden Fortschritte gemacht. Sie soll jetzt eine neue Gelegenheit dazu bekommen."

Die Szenerie veränderte sich, und wir sahen Noah, berauscht von Wein; dann folgten Sodom und Gomorrha samt dem „Versuch, dort zwei oder drei ehrenhafte Einwohner zu finden", wie Satan sich ausdrückte. Danach sahen wir Lot und seine Töchter in der Höhle.

Als die jüdischen Kriege an der Reihe waren, erblickten wir die Sieger, wie sie die Überlebenden und ihr Vieh folterten, alle jungen Mädchen aber am Leben ließen und unter sich verteilten.

Danach erschien Jaël. Wir sahen, wie sie ins Zelt huschte und ihrem schlafenden Gast den Nagel in die Schläfe trieb. Als sein Blut hervorquoll und als kleiner Sturzbach zu Boden sikkerte, standen wir so nahe dabei, dass wir jederzeit unsere Hände damit hätten besudeln könnten, sofern uns danach zumute gewesen wäre.

Es folgten die ägyptischen Kriege, die römischen und die griechischen, sowie abscheuliche Bilder von blutgetränktem Erdreich, und wir sahen den Verrat der Römer an den Karthagern und mussten das ekelerregende Schauspiel der Blutbäder über uns ergehen lassen, denen dieses tapfere Volk zum Opfer fiel. Auch Caesar sahen wir, wie er Britannien eroberte – „nicht etwa, weil diese Barbaren ihm etwas angetan hätten, sondern weil er ihr Land wollte und ihre Witwen und Waisen mit den Segnungen der Zivilisation beschenken wollte“, wie Satan erklärte.

Es folgte die Geburt des Christentums. Darauf zog eine Reihe von Bildern an uns vorbei, auf denen die Zivilisation Europas Hand in Hand mit dem Christentum vorwärts marschierte und überall „Hungersnöte, Tod und Verwüstung, aber auch andere Zeichen des Fortschritts der menschlichen Rasse hinterließ“, wie Satan es nannte. Und immer wieder gab es Kriege, Kriege und noch mehr Kriege – in ganz Europa und auf der ganzen Welt. „Manchmal ging es um die persönlichen Interessen königlicher Familien“, sagte Satan, „manchmal auch nur darum, eine schwache Nation niederzuwerfen. Nicht ein einziges Mal jedoch geschah es, dass ein Krieg aus lauteren Gründen begonnen wurde – einen solchen Krieg gibt es in der ganzen Menschheitsgeschichte nicht.“

„Gut“, sagte Satan. „Nun habt ihr eure Entwicklung bis in die Gegenwart mitverfolgen können – und ihr müsst zugeben, dass sie auf ihre Weise wundervoll ist. Werfen wir nun einen

Blick in die Zukunft." Und er zeigte uns Massaker und Vernichtungsorgien von noch viel schlimmerem Ausmaß, er zeigte uns Kriegsgeräte von noch verheerenderer Wirkung als wir es je gesehen hatten.

„Wie ihr seht", sagte er, „habt ihr euch fortwährend weiterentwickelt. Kain beging seinen Mord mit einer Keule; die Hebräer töteten ihre Gegner mit Speeren und Schwertern; die Griechen und Römer bedienten sich schützender Rüstungen und beherrschten die hohe Kunst der militärischen Organisation und Strategie; die Christen griffen bereits auf Pulver und Blei zurück. In einigen Jahrhunderten wird der Mensch die abscheuliche Tödlichkeit seiner Waffen so sehr perfektioniert haben, dass alle Menschen eingestehen werden, dass wir ohne das Entstehen der christlichen Zivilisation bis in alle Ewigkeit ein armseliges und kraftloses Geschlecht geblieben wären."

Dann begann er auf höchst gefühllose Weise zu lachen, machte sich lustig über die menschliche Rasse, obwohl er wusste, dass alles, was er sagte, uns nur beschämen und verletzen konnte. Nur Engel können sich so verhalten, denn Leiden ist für sie ohne Bedeutung; sie wissen nicht einmal, wie es sich anfühlt, außer vom Hörensagen.

Mehr als einmal hatten Seppi und ich auf demütige und schüchterne Weise versucht, ihn zu bekehren, und da er dazu stets schwieg, deuteten wir sein Schweigen als eine Art von Ermutigung. Klar, dass seine Worte für uns nun eine Enttäuschung waren – bewiesen sie doch, dass wir ihn nicht allzu tief beeindruckt haben konnten. Der Gedanke betrübte uns; wir konnten uns nun vorstellen, wie ein Missionar sich fühlen musste, wenn all die frohe Hoffnung, die er sich gemacht hatte, zunichte ging. Wir behielten unseren Kummer für uns, da wir wussten, es war nicht die rechte Zeit, unsere Pläne weiterzuverfolgen.

Satan setzte sein liebloses Lachen noch eine Zeit lang fort, dann sagte er: „Ein bemerkenswerter Prozess. Innerhalb von fünf- oder sechstausend Jahren gelangten fünf oder sechs hochentwickelte Zivilisationen zur Blüte, wuchsen und gediehen, befehligten die Wunder dieser Welt, dann erlosch ihr Stern, und sie verschwanden wieder, und nicht eine von ihnen, außer der letzten, erfand eine tatsächlich wirksame und angemessene Art, andere Menschen zu töten. Sie taten alle ihr Bestes, denn die Tötung von Menschen ist das hauptsächliche Bestreben der Menschheit und auch die erste Amtshandlung, die ihre Geschichte auszeichnet – doch erst die christliche Zivilisation gelangte darin zu einer Perfektion, auf die sie stolz sein kann. In zwei oder drei Jahrhunderten wird außer Frage stehen, dass alle fachkundigen Mörder Christen sind, und dann wird die heidnische Welt bei ihnen zur Schule gehen – nicht um sich ihrer Religion zu bemächtigen, sondern ihrer Waffen. Der Türke und der Chinese werden sie von ihnen erwerben, um damit Missionare und Konvertiten zu töten."

Nachdem er das gesagt hatte, begann sein Lichtspiel sich wieder zu bewegen, und eine Nation nach der anderen wanderte an unseren Augen vorbei, ihre Entwicklung im Laufe von zwei oder drei Jahrhunderten, eine mächtige, ja endlose Prozession, tobend, kämpfend, sich in Ozeanen aus Blut suhlend, erstickt von Schlachtenrauch, aus dem Flaggen hervorschimmerten und die blitzenden Mündungen von Kanonen ragten, und immer wieder ertönten das Donnern der Gewehre und die Schreie der Sterbenden.

„Und wo führt das Ganze hin?" fragte Satan mit seinem mutwilligen Kichern. „Nirgendwohin. Ihr habt gar nichts davon, ihr gelangt stets wieder dorthin, wo ihr angefangen habt. Schon seit Millionen von Jahren vermehrt sich euer Geschlecht auf immer die gleiche Weise und hat von seinem dümmlichen Unsinn niemals abgelassen – aber zu welchem Zweck? Nicht einmal der Weiseste kann diese Frage beantworten. Wem nutzt das Ganze? Niemandem als einer Handvoll raffgieriger kleiner Monarchen und Adelsleuten, die euch nur verachten! Und die sich entwürdigt fühlen würden, wenn ihr ihnen zu nahe kämt. Die euch die Tür vor der Nase zuschlagen würden, falls ihr bei ihnen vorsprechen wolltet. Für die ihr euch versklaven lasst, für die ihr kämpft, für die ihr sterbt, und euch dafür nicht schämt, sondern auch noch stolz darauf seid; deren Existenz eine fortwährende Beleidigung für euch bedeutet, während ihr Angst habt, euch ihnen zu widersetzen; Bettler im Grunde, die von euren Almosen leben, euch gegenüber jedoch so tun, als wären sie die Wohltäter und ihr die Bettler; die mit euch sprechen, wie Herren mit ihren Sklaven sprechen, und die euch buckeln sehen wollen wie Sklaven vor ihren Meistern buckeln; die ihr mit euren Mündern verehrt, während ihr in eurem Herzen – sofern ihr eines habt – nichts als Verachtung gegen sie empfindet. Der erste Mensch, der je gelebt hat, war ein Heuchler und Feigling, und diese Eigenschaften hat er bis auf den heutigen Tag an all seine Nachkommen weitergegeben; es ist die Grundlage, auf der alle Zivilisationen errichtet wurden. Trinkt auf ihren Fortbestand; trinkt auf ihre Ausbreitung; trinkt auf …“

In diesem Moment konnte er in unseren Gesichtern lesen, wie gekränkt wir waren, und er brach seine Rede ab, hörte auf zu kichern und verhielt sich plötzlich ganz anders. In sanftem Tonfall sagte er: „Nein, trinken wir lieber auf die Gesundheit eines anderen und vergessen die Zivilisation. Der Wein, der auf meinen Wunsch hin aus dem Raum in unsere Hände geflossen ist, ist irdischer Natur und gut genug für diesen neuerlichen Trinkspruch. Doch werft eure Gläser weg; ich will euch zu diesem Zweck Wein zu trinken geben, der nicht von dieser Welt ist.“

Wir gehorchten, streckten unsere Hände aus und nahmen die neuen Becher in Empfang, die zu uns herabschwebten. Es waren wohlgeformte und wunderschöne Pokale, jedoch aus keinem uns bekannten Material gefertigt. Sie schienen ständig in Bewegung zu sein, als hätten sie ein Eigenleben, und auch ihre

Farben wechselten fortwährend. Sie funkelten und glitzerten in allen Schattierungen, und dieser Glanz kam nicht zum Stillstand, sondern ergoss sich in reichen Fluten nach allen Seiten, und die Farben trafen sich, brachen sich aneinander, explodierten und trennten sich vor unseren Augen, um in anmutigen Wogen wieder zusammenzufließen. Mich erinnerte es an das Farbenspiel von Opalen, die auf Wellen trieben und ihr prächtiges Feuer verströmten. Nichts jedoch gibt es, mit dem ich den Wein vergleichen könnte, den wir aus diesen Pokalen tranken. Sein Genuss versetzte uns in eine seltsame und betörende Ekstase, als würde der Himmel sich heimlich seinen Weg durch uns bahnen, und Seppis Augen füllten sich mit Tränen, und er sprach voller Inbrunst:

„Eines Tages werden wir dort sein. Und dann …"

Er warf Satan einen verstohlenen Blick zu, und ich glaube, er hoffte darauf, als Antwort zu bekommen: „Ja, eines Tages werdet ihr dort sein." Doch Satan schien über etwas anderes nachzudenken und schwieg. Das erfüllte mich mit Entsetzen, denn ich wusste, dass er es gehört hatte; nichts, was gesagt wurde oder ungesagt blieb, entging ihm jemals. Der arme Seppi sah bekümmert drein und sprach seinen Satz nicht zu Ende. Die Pokale schwebten empor und glitten zurück in den Himmel wie drei leuchtende Meteore, dann verschwanden sie. Warum waren sie uns nicht geblieben? Es erschien mir als ein böses Zeichen und bedrückte mich. Würde ich meinen Kelch jemals wiedersehen? Und Seppi seinen?

Kapitel IX

Sie war wundervoll, die Herrschaft Satans über Zeit und Raum. Für ihn existierte all das gar nicht. Er nannte es eine Erfindung der Menschen – etwas künstlich Erdachtes. Oft reisten wir mit ihm zu den entlegensten Teilen dieses Planeten, um dort Wochen und Monate zu verbringen, und dennoch war bei unserer Rückkehr nicht mehr als der Bruchteil einer Sekunde vergangen. Die Uhr lieferte den Beweis.

Eines Tages, als die Einwohnerschaft unseres Dorfes völlig aufgelöst war, weil die Kommission für Hexenverfolgung sich nicht traute, gegen den Astrologen und die Hausgemeinschaft von Pater Petrus vorzugehen, und überhaupt nur noch den Mut hatte, sich die Armen und Verlassenen vorzuknöpfen, war es mit der Geduld der Leute vorbei, und sie begannen auf eigene Faust mit der Hexenjagd. Sie verfolgten eine Frau aus gutem Hause, von der es hieß, sie würde andere mittels teuflischer Künste von ihren Krankheiten heilen, und zwar, indem sie sie badete, wusch und ihnen zu essen gab anstatt sie zur Ader zu lassen und ihnen Klistiere zu verabreichen. Sie kam die Straße hinabgerannt, eine johlende und schimpfende Menge ihr dicht auf den Fersen, und flehte an vielen Häusern um Zuflucht, doch man schlug ihr die Tür vor der Nase zu. Mehr als eine halbe Stunde liefen sie hinter ihr her, und wir folgten ihnen, um alles aus der Nähe zu sehen, doch irgendwann war sie zu erschöpft, um weiterhin zu fliehen: Sie brach zusammen, und die Menge schnappte sie sich. Sie banden sie an einen Baum, warfen einen Strick über ihren Körper, den sie zu einer Schlinge verknoteten, während andere sie festhielten, und sie schrie und bettelte, und ihr Töchterlein stand auch dabei und weinte, wagte es aber nicht, etwas zu sagen oder zu tun.

Dann henkten sie die Dame, und ich warf einen Stein nach ihr, auch wenn es mir in meinem Herzen leid um sie tat; aber schließlich warfen alle mit Steinen, und jeder hatte seinen Nebenmann fest im Visier, und hätte ich es ihnen nicht gleichgetan, wäre das sicher aufgefallen, und man hätte über mich getuschelt. Satan brach in helles Gelächter aus.

Alle, die in seiner Nähe standen, wandten sich zu ihm um – erstaunt, aber keineswegs erfreut. Es war nicht der passende Zeitpunkt, um zu lachen, denn seine freizügige und spöttische Art und der übernatürliche Hauch, der ihn umgab, hatten unter vielen Dorfbewohnern eine Art Misstrauen gegen ihn geweckt und ihm viele Feinde eingebracht. Nun war es der große, kräftige Schmied, der auf ihn aufmerksam geworden war und seine Stimme erhob, so dass jeder es hören konnte:

„Was gibt es da zu lachen? Sprich es aus! Und vor allem, erkläre den anderen, wieso du als einziger keinen Stein geworfen hast!"

„Seid ihr euch sicher, dass ich keinen Stein geworfen habe?"

„Ja. Du brauchst gar nicht erst versuchen, dich rauszureden. Ich habe dich genau beobachtet."

„Ich auch! Ich hab's auch gesehen!" riefen zwei andere.

„Drei Zeugen also", sagte Satan. „Müller, der Schmied; Klein, der Metzger; und Pfeiffer, der Webergeselle. Drei ganz gewöhnliche Lügner. Sonst noch jemand?"

„Es spielt keine Rolle, ob es sonst noch jemand gesehen hat. Es spielt auch keine Rolle, als was du uns betrachtest. Drei Zeugen reichen, um über deinen Fall zu entscheiden. Beweise uns, dass du einen Stein geworfen hast, sonst wird die Sache für dich ein bitteres Ende nehmen."

„So ist es!" schrie die Meute und drang so nahe wie möglich an den Ort des Geschehens vor.

„Und zunächst beantwortest du meine erste Frage", schrie der Schmied, zufrieden damit, als Sprachrohr der Menge und Held der Stunde in Erscheinung treten zu können. „Worüber lachst du?"

Satan lächelte und antwortete freundlich: „Ich lache darüber, drei Feiglinge zu sehen, die eine sterbende Dame steinigen, wo sie doch selbst dem Tod so nahe sind."

Man konnte sehen, wie die abergläubische Meute in sich zusammensank und als Folge des unerwarteten Schreckens den Atem anhielt. Mit gespieltem Wagemut antwortete der Schmied:

„Pah! Woher willst du das denn wissen?"

„Ich? Ich weiß alles. Ich bin von Beruf Wahrsager. Ich kann den Leuten aus der Hand lesen, und ich habe es getan, als ihr drei eure Hände hobt, um mit Steinen nach der Frau zu werfen. Einer von euch wird nächste Woche sterben, der andere heute Nacht, und der Dritte von euch hat nur noch fünf Minuten zu leben. Seht auf die Uhr da drüben!"

Diese Worte machten Eindruck. Die Gesichter der Anwesenden erblassten, und alle starrten sie wie gelähmt auf die Uhr. Der Metzger und der Weber wirkten auf einmal wie krank; nur der Schmied nahm all seinen Mut zusammen und tönte weiter herum:

„Na, für deine letzte Weissagung bleibt dir ja nicht mehr viel Zeit. Wenn sie nicht eintrifft, junger Meister, wirst du es sein, der die nächste Minute nicht überlebt, das versichere ich dir!"

Keiner sprach ein Wort; alle Blicke ruhten nur schweigend auf der Uhr. Es herrschte eine ehrfurchtsvolle Stille. Als viereinhalb Minuten um waren, begann der Schmied auf einmal zu japsen, schlug sich mit den Händen auf die Brust und keuchte: „Luft! Ich bekomme keine Luft mehr!" Dann sank er zu Boden. Die Menge wich zurück, keiner bot seine Hilfe an, und wenig später war er tot. Die Leute starrten zuerst ihn an, dann Satan, dann einander. Ihre Lippen bewegten sich, doch sie brachten keinen Ton hervor. Und wiederum ergriff Satan das Wort:

„Drei von euch haben gesehen, dass ich keinen Stein geworfen habe. Sind da noch andere? Lasst sie sprechen!"

Eine Art Panik brach aus unter der Menge, und obwohl keiner auf Satans Frage antwortete, begannen sie nun, sich untereinander zu beschuldigen und zu sagen: „Du hast auch behauptet, er hätte keinen Stein geworfen“, worauf die Antwort kam: „Was für eine Lüge! Das wirst du mir büßen.“ Und so entstand innerhalb weniger Sekunden ein lauter und wilder Aufruhr, und alle beschimpften sie sich und schlugen aufeinander ein. Nur eine nahm nicht mehr an dem Schauspiel teil – die tote Frau, die an ihrem Strick baumelte, frei von Sorgen, in Frieden mit der Welt und sich selbst.

Und so zogen wir von dannen, und obwohl mir unbehaglich zumute war, sprach ich doch zu mir selbst: „Er sagte, er würde über die Menge lachen, aber das war eine Lüge – er hat über mich gelacht.“

Das brachte Satan erneut zum Lachen, und er sagte: „Ja, ich habe über dich gelacht. Weil du aus Angst vor dem, was andere über dich sagen könnten, selbst einen Stein nach ihr geworfen hast. In deinem Herzen jedoch war dir völlig anders zumute. Aber ich habe auch über die anderen gelacht.“

„Warum?“

„Weil es ihnen genauso ging wie dir.“

„Wie meinst du das?“

„Nun, es waren achtundsechzig Leute da, und ganze zweiundsechzig davon hatten im Grunde ebenso wenig Lust, die Frau zu steinigen wie du.“

„Satan!“

„Es ist wahr. Ich kenne euer Geschlecht. Ihr seid wie die Schafe. Nur einige wenige sind es, die den Ton angeben, der Rest schweigt und gehorcht. Sie unterdrücken ihre Gefühle, verstoßen gegen ihre Überzeugungen, und folgen denjenigen, die den größten Lärm veranstalten. Manchmal hat diese lautstarke Minderheit Recht, manchmal irrt sie sich; für ihre Gefolgschaft jedoch spielt das keine Rolle. Der Großteil eurer Rasse, ob wild oder zivilisiert, ist im Grunde gutherzig und schreckt davor zurück, anderen Schmerzen zu bereiten. Angesichts der aggressiven und mitleidlosen Minderheit jedoch wagen sie es nicht, ihren Standpunkt zu vertreten. Denkt darüber nach! Ein gutherziges Geschöpf beobachtet das andere, um ihm beizustehen, wenn es in Bedrängung gerät. Lass es dir von jemandem sagen, der Bescheid weiß: Als vor langer Zeit der Wahnsinn der Hexenverfolgung begann, eingeleitet von einer Handvoll frömmelnder Irrer, waren 99 von 100 Personen strikt dagegen. Und ich weiß auch, dass selbst heute, nachdem Jahrhunderte lang Vorurteile geschürt und dümmliche Lehren verbreitet wurden, nur eine von zwanzig Personen von sich aus daran interessiert wäre, sich an dieser Hetze zu beteiligen.

Dennoch könnte man den Eindruck gewinnen, alle Menschen würden Hexen hassen und sich nichts sehnlicher wünschen als ihren Tod. Es kommt der Tag, da wird eine Handvoll Leute von der Gegenseite sich erheben und den größeren Lärm veranstalten – vielleicht auch nur eine einzige Person mit lauter Stimme, deren Entschlusskraft groß genug ist. Und schon werden alle Schafe sich drehen wie ein Fähnchen im Wind und zu *seiner* Gefolgschaft werden. Dann wird von heute auf morgen Schluss sein mit der Hexenverfolgung.

Königreiche, Aristokratien und Religionen – sie alle gründen nur auf diesem gewaltigen Makel, den eure Rasse aufzuweisen hat: Dem Misstrauen des Einzelnen gegenüber seinem Nachbarn sowie dem Wunsch, sei es der Sicherheit oder der Bequemlichkeit halber, in seinen Augen gut dazustehen. Solche Institutionen wird es immer geben, und sie werden immer blühen und gedeihen, euch immer unterdrücken, missachten und erniedrigen, da ihr stets die Sklaven irgendeiner Minderheit bleiben werdet. Es hat noch nie ein Land gegeben, in dem die Mehrheit der Menschen tief in ihrem Herzen mit einer dieser Institutionen einverstanden gewesen wäre."

Es gefiel mir nicht, dass er das Menschengeschlecht als Schafe bezeichnete, und das sagte ich ihm auch.

„Es stimmt aber trotzdem, du Schäfchen", sagte Satan. „Seht einmal, wie ihr euch im Krieg verhaltet. Was für gehorsame Hammel ihr da seid, und wie lachhaft!"

„Im Krieg?"

„Es gab nie einen gerechten noch je einen ehrenwerten Krieg. Jedenfalls nicht seitens derer, die ihn angezettelt hatten. Ich kann eine Million Jahre in die Zukunft blicken, und es wird nie eine Ausnahme geben, bis auf vielleicht ein halbes Dutzend Mal. Die lautstarke kleine Minderheit wird – wie schon seit jeher – nach Krieg rufen. Die Geistlichkeit wird zunächst – auf misstrauische und vorsichtige Weise – Einspruch erheben; und die große, unbewegliche, einfältige Masse wird sich die verschlafenen Augen reiben und herauszufinden versuchen, weshalb es einen Krieg geben soll, und sie werden, mit Ernst und Entrüstung in der Stimme, sagen: „Es ist ungerecht und ehrlos, und es besteht dafür keine Notwendigkeit."

Dann jedoch wird die Handvoll derer, die den Ton angeben, ihre Stimme lauter erheben. Einige wenige Leute von der Gegenseite werden in Wort und Schrift versuchen, die Abwegigkeit einer solchen Unternehmung zu beweisen, und zunächst wird man ihnen Gehör schenken und Beifall zollen; doch schon nach kurzer Zeit werden ihre Stimmen übertönt werden, und ihre Kundgebungen gegen den Krieg werden immer weniger Leute anziehen und immer mehr an Beliebtheit einbüßen.

Über kurz oder lang lässt sich dann ein merkwürdiges Phänomen beobachten: Ihre Fürsprecher werden öffentlich mit Steinen beworfen, und ihre Redefreiheit wird von einer Horde aufgebrachter Menschen beschnitten, die mit diesen Ausgestoßenen in der Tiefe ihres Herzens zwar noch immer einer Meinung sind, es aber nicht mehr zuzugeben wagen. Und spätestens jetzt wird die gesamte Nation – einschließlich der Geistlichkeit – in das Kriegsgeschrei einstimmen und selbst mit heiserer Stimme brüllen, und jeder ehrliche Mann, der es wagt, den Mund aufzumachen, wird von ihnen niedergeknüppelt. Bis jede Gegenstimme verstummt ist.

Als nächstes werden die Staatsmänner billige Lügen erfin-

den, der von ihnen angegriffenen Nation alle Schuld in die
Schuhe schieben, und alle Menschen werden froh sein über
diese beschwichtigenden Falschaussagen und sie fleißig verinnerlichen, sich aber weigern, jeden Gegenbeweis einmal näher
unter die Lupe zu nehmen. Nach und nach gelangen sie auf
diese Weise zur Überzeugung, dieser Krieg sei tatsächlich gerecht, und sie werden Gott dafür danken, dass sie nach diesem
Prozess des grotesken Selbstbetrugs nun wieder ruhiger schlafen können.“

Kapitel X

Daraufhin verging ein Tag nach dem anderen, ohne dass Satan sich zeigte. Ohne ihn war das Leben trist und leer. Indessen jedoch erschien der Astrologe, der von seiner Exkursion zum Mond zurückgekehrt war, wieder in unserem Dorf, trotzte mutig der öffentlichen Meinung, spürte jedoch ab und zu, wie ihn ein Stein am Rücken traf, wenn irgendein Hexenhasser die Gelegenheit fand, nach ihm zu werfen, ohne dabei gesehen zu werden.

Bei Margit hingegen hatte das Leben sich in zweierlei Hinsicht zum Guten verändert. Dass Satan, der sich ihr gegenüber ziemlich gleichgültig verhielt, nach einem oder zwei Besuchen nicht mehr zu ihr gekommen war, hatte ihren Stolz gekränkt, und sie hatte es sich zum Ziel gesetzt, sein Bild aus ihrem Herzen zu verbannen. Wenn ihr die alte Ursula ab und zu etwas aus Wilhelm Meidlings Lotterleben berichtete, verspürte sie Gewissensbisse und Eifersucht, da sie glaubte, Satan sei die Ursache all dessen. Nun aber, da beide Umstände zusammentrafen, ergaben sie für Margit eine eher glückliche Kombination – ihr Interesse an Satan kühlte allmählich ab, während ihr Interesse an Wilhelm wieder wuchs. Alles, woran es noch fehlte, um ihre Bekehrung zu vervollkommnen, hätte darin bestanden, dass Wilhelm sich aufgerafft und seinen Leumund verbessert hätte, so dass die Öffentlichkeit ihm wieder mehr zugeneigt gewesen wäre.

Nun kam die große Gelegenheit. Margit ließ ihn kommen und fragte, ob er ihren Onkel bei der immer näher rückenden Gerichtsverhandlung nicht beistehen wolle, und Wilhelm zeigte sich hocherfreut, hörte auf zu trinken und bereitete sich voller Sorgfalt auf den Prozess vor. Seine Sorgfalt war sogar größer als seine Hoffnungen, denn sehr aussichtsreich erschien der Fall ihm nicht. In seiner Kanzlei führte er zahlreiche Gespräche mit Seppi, und immer wieder ließ er uns unsere Zeugenaussagen wiederholen, um herauszuholen, was es herauszuholen gab und unter all der Spreu das eine oder andere wertvolle Weizenkorn zu finden – doch die Ausbeute war natürlich mager.

Wäre nur Satan gekommen! Dieser Gedanke ließ mich nicht los. Er hätte sicher eine Möglichkeit gewusst, wie der Prozess zu gewinnen war; schließlich hatte er selbst einmal gesagt, er würde gewonnen werden. Also wusste er sicher auch, wie das ging. Doch die Tage zogen vorbei, und er tauchte einfach nicht auf.

Natürlich war mir klar, dass Pater Petrus den Prozess gewinnen und für den Rest seiner Tage glücklich sein würde; schließlich hatte Satan es vorhergesagt. Dennoch hätte ich mich wohler gefühlt, wenn er gekommen wäre und uns verraten hätte, wie das zu bewerkstelligen war. Für Pater Petrus war es höchste Zeit, dass sein Leben eine Wendung hin zum Besseren nahm, denn alle sagten, sein Gefängnisaufenthalt und die Schmach, die auf ihm lastete, hätten ihn völlig ausgelaugt, und falls er nicht bald Erlösung fände, würde sein Elend ihn noch ins Grab bringen.

Schließlich war es so weit: Der Prozess stand vor der Tür, und von nah und fern strömten Leute herbei, um ihm als Zuschauer beizuwohnen, darunter auch viele Fremde, die von ziemlich weit her angereist waren. Ja, alle Welt war da, bis auf den Angeklagten selbst, der sich zu schwach fühlte, um der Belastung standzuhalten. Es war Margit, die ihn vertrat, und sie versuchte nach Kräften, ihre Hoffnung nicht sinken zu lassen. Das Geld, um das es ging, wurde vom Richter auf den Tisch gelegt, und diejenigen, denen das Recht zustand, durften es auch anfassen und untersuchen.

Als erstes wurde der Astrologe in den Zeugenstand gerufen. Anlässlich des großen Ereignisses trug er seinen besten Hut und sein feinstes Gewand.

Frage: Sie behaupten also, das wäre Ihr Geld?

Antwort: So ist es.

134

F: Womit begründen Sie das?

A: Ich fand es in einem Beutel auf der Straße, als ich von einer Reise zurückkehrte.

F: Wann war das?

A: Vor mehr als zwei Jahren.

F: Was machten Sie damit?

A: Ich nahm es mit nach Hause und versteckte es an einem sicheren Ort in meinem Observatorium, in der Hoffnung, den rechtmäßigen Eigentümer ausfindig zu machen.

F: Haben Sie sich darum bemüht, ihn zu finden?

A: Ich stellte einige Monate lang eingehende Nachforschungen an, kam aber zu keinem Ergebnis.

F: Und dann?

A: Dann hielt ich es nicht der Mühe wert, weiterhin zu suchen, und beschloss, es zu spenden, damit das Heim für Findelkinder, das an die Abtei und das Nonnenkloster angeschlossen ist, endlich zu Ende gebaut werden könne. Also holte ich das Geld aus seinem Versteck und zählte nach, ob etwas davon fehlte. Und dann …

F: Warum reden Sie nicht weiter?

A: Es tut mir leid, es aussprechen zu müssen, doch als ich mit Zählen fertig war und das Geld wieder an seinen Aufbewahrungsort zurückbrachte, stand auf einmal Pater Petrus hinter mir.

„Sieht schlecht aus für den Pater“, murmelten einige; andere wiederum antworteten: „Ach, das ist doch nur ein Lügner.“

F: Hatten Sie dabei ein ungutes Gefühl?

A: Nein, zu jenem Zeitpunkt dachte ich mir gar nichts dabei, da Pater Petrus des Öfteren unangemeldet zu mir kam, um mich in seiner Not um eine milde Gabe zu bitten.

Margit lief puterrot an, als sie zuhören musste, wie ihr Onkel fälschlich und auf schamlose Weise der Bettelei bezichtigt wurde, noch dazu von jemandem, den er stets als einen Schwindler bezeichnet hatte, und sie wollte schon etwas dazwischenrufen, besann sich aber rechtzeitig und bewahrte ihr Schweigen.

F: Fahren Sie fort.

A: Nun, zuletzt hatte ich trotz alledem Gewissensbisse, das Geld so leichtfertig dem Heim für Findelkinder zu spenden, und ich beschloss, ein weiteres Jahr verstreichen zu lassen, um meine Nachforschungen fortzusetzen. Als ich dann von Pater Petrus' Fund erfuhr, freute ich mich für ihn und schöpfte keinerlei Verdacht. Selbst als ich einen oder zwei Tage später nach Hause kam und feststellen musste, dass mein eigenes Geld verschwunden war, brachte ich diesen Umstand nicht mit Pater Petrus' Glücksfall in Verbindung, bis drei Umstände mich daran zweifeln ließen, dass es sich bei seinem Geldfund um reinen Zufall handelte.

F: Welche Umstände waren das?

A: Nun, Pater Petrus hatte sein Geld auf einem Feldweg gefunden – ich meines auf einer Straße. Sein Fund bestand ausschließlich aus Golddukaten – ebenso wie meiner. Und es handelte sich exakt um elfhundertundsieben Dukaten – genau wie bei mir.

Damit endete sein Zeugenverhör, und anscheinend hatte er bei allen einen tiefen Eindruck hinterlassen; man konnte es sehen.

Wilhelm Meidling stellte ihm noch einige Fragen, dann rief er uns Jungen herbei, und auch wir erzählten unsere Geschichte. Die Leute mussten lachen, und wir waren beschämt. Irgendwie fühlten wir uns ziemlich mies, da Wilhelm keine Hoffnung sah, was man ihm auch ansehen konnte. Der arme junge Kerl tat wirklich sein Bestes, doch da war kein rettender Anker in Sicht, und die Sympathie der Leute galt allem, nur nicht seinem Mandanten. So schwer es dem hohen Gericht und dem Volk auch fiel, dem Astrologen angesichts seines Charakters Glauben zu schenken – Pater Petrus' Darstellung der Geschehnisse klang noch viel unglaubwürdiger.

Uns war schon schlimm genug zumute, doch als dann auch der Verteidiger des Astrologen sagte, er wolle uns Jungen nicht weiter befragen, da unsere Geschichte etwas holprig sei und er nicht so grausam sein wolle, weiter darauf herumzureiten, begannen die Zuschauer auch noch zu kichern, und das gab uns den Rest. Daraufhin hielt er ein sarkastisches Plädoyer, in dem er sich über unsere Version so lustig machte, dass sie nur noch lächerlich und kindisch anmutete, in jeder Hinsicht unglaubwürdig und verrückt. Alle lachten, bis ihnen die Tränen kamen, und schließlich konnte Margit ihren Mut nicht mehr bewahren; sie brach zusammen und weinte und tat mir schrecklich leid.

Dann jedoch sah ich etwas, das meine Lebensgeister sofort wieder weckte: Satan stand an Wilhelms Seite! Und wie unterschiedlich die beiden wirkten – Satan sah so zuversichtlich aus, seine Augen und seine Gesichtszüge zeugten von Mut, während Wilhelm einen so niedergeschlagenen und verzweifelten Eindruck machte. Beide fühlten wir uns jetzt sehr behaglich und gingen davon aus, dass er eine Zeugenaussage machen und es ihm gelingen würde, sowohl den Richter als auch die Leute davon zu überzeugen, dass schwarz weiß sei, und weiß schwarz, oder auch jede andere von ihm bevorzugte Farbe. Wir blickten um uns, um festzustellen, wie seine Erscheinung auf die Anwesenden wirkte, denn wie ihr wisst, war er schön – umwerfend schön sogar. Doch es schien ihn niemand zu bemerken. Daraus schlossen wir, dass er für die anderen unsichtbar war.

Der Verteidiger sprach sein Schlusswort; und zur gleichen Zeit sah ich, wie Satan mit Wilhelm verschmolz, mit dem daraufhin eine Wandlung vorging. Ich sah Satans Geist aus seinen Augen schimmern.

Der Verteidiger des Astrologen beendete seine Rede in ernstem, feierlichem Tonfall. Er deutete auf das Geld und sagte:

„Unsere Liebe zum Geld ist die Wurzel allen Übels. Hier liegt er vor Ihnen, der alte Versucher, rot vor Scham über seinen neuesten Triumph: Einen Priester Gottes und seine beiden jugendlichen Gehilfen durch ein Verbrechen ihrer Ehre beraubt zu haben. Wenn er nur sprechen könnte, dann dürften wir hoffen, dass er sich gezwungen fühlte, zu gestehen, dass unter all seinen Eroberungstaten dies die niederträchtigste und erbärmlichste war."

Er setzte sich. Wilhelm stand auf und sagte:

„Der Zeugenaussage des Klägers entnehme ich, dass er das Geld vor mehr als zwei Jahren irgendwo auf der Straße gefunden hat. Korrigieren Sie mich, mein Herr, falls ich Sie missverstanden habe."

Der Astrologe antwortete, das sei schon richtig so.

„Und das Geld sei stets in seinen Händen verblieben, bis zu einem bestimmten Tag – nämlich dem letzten Tag des vergangenen Jahres. Korrigieren Sie mich, mein Herr, falls ich mich irre."

Der Astrologe nickte. Wilhelm wandte sich dem Richterpult zu und sagte:

„Falls ich nun nachweisen kann, dass es sich nicht um dasselbe Geld handelte – ist das dann ein Beweis dafür, dass es ihm nicht gehört?"

„Natürlich. Aber eine solche Beweisführung ist unzulässig. Hätten Sie dafür einen Zeugen gehabt, hätten Sie das Gericht rechtzeitig darüber informieren und ihn für heute vorladen müssen …" Er unterbrach seine Rede, um sich mit den Geschworenen zu beraten. Der andere Anwalt war mittlerweile hochgesprungen und protestierte heftig dagegen, dass in einer solch späten Phase des Verfahrens noch einmal neue Zeugen hinzugezogen werden könnten.

Die Geschworenen jedoch entschieden, dass dieser strittige Punkt geklärt werden müsse und gaben dem Einspruch des Verteidigers frei.

„Es geht gar nicht um einen neuen Zeugen", sagte Wilhelm. „Es geht um eine Sache, die bis zu einem gewissen Grad bereits untersucht wurde. Nämlich um die Münzen."

„Die Münzen? Welchen Aufschluss können uns diese Münzen geben?"

„Es lässt sich nachweisen, dass es sich nicht um die Münzen handelt, die zuvor im Besitz des Astrologen waren. Denn einen Großteil dieser Münzen hat es im vergangenen Dezember noch gar nicht gegeben. Dies verrät uns ihr Prägedatum."

Und so war es! Es herrschte große Aufregung im Saal, als der Anwalt, der Richter und die Geschworenen nach den Münzen griffen, sie untersuchten und lautstark ihr Erstaunen zum Ausdruck brachten. Und alle bewunderten Wilhelms Geschick, auf eine so galante Lösung gekommen zu sein. Zuletzt bat man um Ruhe, und das Hohe Gericht verkündete sein Urteil:

„All jene Münzen – bis auf vier – wurden erst im vergangenen Jahr geprägt. Somit möchte der Gerichtshof dem Angeklagten sein Mitgefühl sowie sein Bedauern übermitteln, dass er auf Grund eines unglücklichen Missverständnisses völlig zu Unrecht einer Straftat bezichtigt worden ist. Der Mann ist frei von Schuld und hatte es keineswegs verdient, inhaftiert und vor den Richter gestellt zu werden. Die Klage wird abgewiesen."

Das Geld hatte also tatsächlich gesprochen, auch wenn jener Anwalt noch kurz zuvor daran gezweifelt hatte. Die Leute im Gerichtssaal erhoben sich von ihren Plätzen, und so gut wie jeder trat nach vorn, um Margit die Hand zu schütteln und ihr zu gratulieren; danach schüttelten sie Wilhelms Hand und sprachen ihm ihr Lob aus. Satan hatte Wilhelms Körper inzwischen verlassen, stand dabei und verfolgte das Schauspiel voller Interesse, doch keiner konnte ihn sehen, und die Leute traten einfach durch ihn hindurch.

Wilhelm vermochte niemandem zu erklären, wieso er erst im letzten Augenblick und nicht schon früher auf die Idee mit dem Münzprägedatum gekommen war. Er sagte, es sei eine plötzliche Eingebung gewesen, und obwohl er die Münzen ja zuvor gar nicht untersucht habe, sei es ihm gelungen, sein Ar-

gument überzeugend und ohne Zögern vorzubringen; er habe
einfach daran geglaubt. Ein anderer hätte vielleicht behauptet,
er habe sich diese Trumpfkarte absichtlich bis zuletzt aufge-
spart, doch Wilhelm war nun mal ein ehrlicher Mensch.

Seine Stimmung war nun wieder etwas gesunken; das
Leuchten in seinen Augen, das man hatte beobachten können,
solange Satan in ihm steckte, war erloschen, kehrte jedoch für
einen Augenblick zurück, als Margit zu ihm trat, ihm ihr Lob
aussprach, sich bei ihm bedankte und ihm zeigte, wie stolz sie
auf ihn war. Der Astrologe schimpfte leise vor sich hin und
schlich von dannen wie ein geschlagener Hund, während Salomon Isaak das Geld in Sicherheit brachte. Nun sollte es Pater
Petrus gehören, für immer und ewig.

Satan war verschwunden. Ich schätzte, er war mittels Gedankenkraft ins Gefängnis gereist, um dem Häftling die frohe
Nachricht zu verkünden; und damit behielt ich Recht. Auch
Margit, ich und all die anderen eilten jetzt dorthin so schnell
wir konnten, und die Freude in uns schlug hohe Wogen.

Folgendes war geschehen: Satan war dem armen Gefangenen erschienen, um ihm zuzurufen: „Die Verhandlung ist vorbei, und du wirst für immer als Dieb geschmäht werden. So hat
es das Gericht entschieden!"

Dieser Schrecken raubte dem alten Mann den Verstand. Als
wir zehn Minuten später bei ihm eintrafen, stolzierte er in auf-
geblasener Haltung hin und her, erteilte den Schutzleuten und
Gefängniswärtern die seltsamsten Befehle, bezeichnete sie als
seine Kammerherren, als Prinzen, Flottenadmirale und dienst-
habende Generalfeldmarschalle oder verlieh ihnen andere
bombastische Titel. Er war fröhlich wie ein junger Vogel. Er
bildete sich ein, er wäre der Kaiser.

Margit warf sich ihm an die Brust und weinte, und alle Um-
stehenden waren so gerührt, dass es einem das Herz zerreißen
konnte. Er erkannte sie sofort, verstand aber nicht, weshalb sie
weinte. Er klopfte ihr auf die Schulter und sagte:

„Tu es nicht, meine Liebe, schließlich gibt es Zeugen; außerdem ziemt es sich nicht für eine Kronprinzessin. Sag mir, was dich quält – dagegen lässt sich etwas tun. Dem Kaiser ist nichts unmöglich." Dann blickte er um sich und sah die alte Ursula, wie sie sich mit ihrer Schürze die Augen wischte. Das verwirrte ihn, und er fragte: „Was ist denn mit Euch los?"

Obwohl sie schluchzte, gelang es ihr, ein paar Worte der Erklärung hervorzustoßen: Sie sei sehr erschüttert, sagte sie, ihn „in diesem Zustand" vorzufinden. Darüber dachte er einen Moment lang nach, dann murmelte er wie zu sich selbst: „Schon eine seltsame Dame, diese Herzoginwitwe – sie meint es ja gut, aber die ganze Zeit schnieft sie nur herum, und nie kann sie einem erklären, was Sache ist. Ich glaube, sie weiß es selbst nicht."

Dann richtete sich sein Blick auf Wilhelm. „Holder Prinz von Indien", sagte er. „Ich vermute, Ihr seid es, wegen dem die Kronprinzessin sich Sorgen macht. Doch ihre Tränen sollen trocknen; ich will Euch nicht mehr im Wege stehen; sie soll die Erbin Eures Thrones sein. Und auch meinen Thron sollt Ihr erben und ihn zwischen Euch aufteilen. Hab ich das nicht gut gemacht, kleine Dame? Ihr könnt jetzt wieder lächeln – oder etwa nicht?"

Er liebkoste Margit und küsste sie, und er war so zufrieden mit sich und uns, dass er alles für uns tun wollte. Er verschenkte Königreiche nach allen Seiten, und bei denen, die am wenigsten bekamen, war es immerhin noch ein Fürstentum. Ganz zuletzt, als man ihn dazu überredet hatte, nun nach Hause zu kehren, nahm er eine würdevolle Haltung ein, und als die Menge ringsum sah, wie wohl es ihm tat, umjubelt zu werden, versuchten sie, ihn bei Laune zu halten, worauf er mit leutseligen Verbeugungen und gnädigem Lächeln reagierte, und immer wieder streckte er die Hand nach jemandem aus und sagte: „Gott segne Euch, mein Volk!"

Es war der mitleiderregendste Anblick, der mir je zu Gesicht gekommen war. Margit und die alte Ursula konnten den Fluss ihrer Tränen nicht stillen.

Auf dem Nachhauseweg begegnete ich Satan und warf ihm vor, mich mit seiner Lüge hinters Licht geführt zu haben. Es brachte ihn jedoch nicht in Verlegenheit, und mit ruhiger und gefasster Stimme antwortete er mir:

„Du hast mich missverstanden. Ich habe die Wahrheit gesprochen. Ich sagte dir, er werde für den Rest seiner Tage glücklich sein – und das wird er auch, weil er sich nun für den Kaiser hält, und sein Stolz und seine Freude darüber werden bis zum Ende ungebrochen sein. Er ist nun die glücklichste Person in diesem Reich, und das wird er auch bleiben."

„Aber die Art und Weise, Satan! Die Art und Weise. Wäre es nicht auch anders gegangen – ohne dass du ihn seines Verstandes beraubt hättest?"

Es war wirklich schwer, Satan zu erzürnen, doch mit dieser Frage war es mir gelungen.

„Was für ein Esel du doch bist!" sagte er. „Ist dir nie aufgefallen, dass ein klarer Geist und das Glück sich einander ausschließen? Wer klar im Geiste ist, kann niemals glücklich sein, da für ihn das Leben Realität ist und er erkennt, dass es voller Tücken steckt. Nur die Verrückten können glücklich sein, und selbst unter ihnen nur die, die sich für Könige und Götter halten; die anderen sind ebenso unglücklich wie die Nicht-Verrückten.

Natürlich gibt es keinen Menschen, der zu jeder Stunde klar bei Verstand ist, aber wovon ich rede, sind die Extremfälle. Ich habe diesen Mann von jenem Firlefanz befreit, den eure Rasse als Verstand oder Geist betrachtet; habe sein blechernes Leben versilbert, indem ich es in ein Märchen verwandelte. Du siehst, um wie viel glücklicher er jetzt ist – und dennoch nörgelst du daran herum! Ich sagte, er würde pausenlos glücklich sein, und dafür habe ich gesorgt. Ich habe ihm das geschenkt, was seine Rasse als einziges glücklich machen kann – und du bist nicht zufrieden!" Er stieß ein resigniertes Seufzen aus und sagte: „Es ist wirklich schwer, eurer Rasse einen Ge-fallen zu tun."

Seht ihr, das war es, was ich meinte. Er schien nicht in der Lage, jemandem eine Gefälligkeit zu erweisen, ohne ihn entweder zu töten oder aus ihm einen armen Irren zu machen. Ich entschuldigte mich so gut es mir gelang; insgeheim jedoch hielt ich von seiner Vorgehensweise nicht allzu viel – jedenfalls nicht zu diesem Zeitpunkt.

Satan pflegte zu sagen, unsere Rasse befinde sich in einem fortwährenden und ununterbrochenen Prozess des Selbstbetrugs. Sie führe sich von der Wiege bis zum Grab ständig selbst an der Nase herum, durch allerlei Finten und Trugbilder, die sie als Realität missdeute, und so sei ihr ganzes Leben nicht mehr als eine Finte. Von all den trefflichen Eigenschaften, die sie sich selbst zu Gute halte und sich etwas darauf einbilde, besitze sie in Wirklichkeit kaum eine. Sie halte sich selbst für ein goldenes Geschlecht, sei aber ein blechernes. Eines Tages, als ihn jene Laune wieder einmal überkam, behauptete er auch, wir hätten keinerlei Sinn für Humor. Das war für mich der Stein des Anstoßes. Ich fasste mir ein Herz und sagte, wir Menschen hätten doch eine ganze Menge Humor.

„Da spricht sie wieder, eure Rasse!" sagte er. „Stets bereit, mit Dingen zu prahlen, die ihr gar nicht zu eigen sind. Stets bereit, die hundert Gramm Blech, über die sie verfügt, für eine Tonne puren Goldes auszugeben. Eure Vorstellung von Humor ist die gleiche wie die eines Affen. So gesehen gibt es natürlich Tausende unter euch, die Humor haben. Jene Tausende sind in der Lage, die komische Seite von minderwertigen und trivialen Dingen zu erkennen – hauptsächlich Ungereimtheiten, groteskes und absurdes Zeug, über das sie sich halbtot lachen können. Doch die zehntausend anderen Dinge auf dieser Welt, die wirklich komisch sind, könnt ihr in eurem Stumpfsinn nicht wahrnehmen. Ob der Tag jemals kommen wird, an dem eure Rasse endlich die Abwegigkeit ihrer eigenen Unreife erkennt und darüber lachen kann und sie dadurch zunichte macht? Denn bei all ihrer Armseligkeit verfügt sie zumindest über eine wirklich brauchbare Waffe – die Fähigkeit zu lachen. Macht, Geld, Glauben, Bittgebete und Hetzjagden – die sich inzwischen zu einem gewaltigen Falschspiel entwickelt haben – ihr könnt es zwar ein wenig eindämmen, ein wenig ins Wanken bringen, in jedem Jahrhundert ein bisschen mehr; aber zerstören, atomisieren, in Nichts auflösen, könnt ihr es nur durch Gelächter. Dem Angriff von Gelächter hält nichts und niemand stand. Ihr fuchtelt nur immer mit euren anderen Waffen herum. Habt ihr euch jemals des Gelächters bedient? Nein, ihr habt es irgendwo verschimmeln lassen. Und warum setzt ihr es nicht ein? Weil es euch an Mut und Verstand fehlt."

Wir führten dieses Gespräch, als wir wieder einmal eine Reise machten, die uns nach Indien führte, in eine kleinen Stadt, wo ein Gaukler vor einer Gruppe Einheimischer seine Kunststücke zum Besten gab. Seine Vorführung war beeindruckend, doch ich wusste, Satan hätte ihn jederzeit übertrumpfen können, darum bat ich ihn, doch auch eine kleine Vorstellung zu geben, und er willigte ein. Er verwandelte sich in einen Einheimischen mit Turban und Lendenschurz und verlieh mir behutsam für eine Zeit lang die Gabe, der Landessprache mächtig zu sein.

Der Gaukler zeigte dem Publikum ein Samenkorn, das er in einem kleinen Blumentopf in die Erde pflanzte, dann bedeckte er den Topf mit einem Lumpen. Schon nach etwa einer Minute begann sich der Lumpen zu heben, und etwa zehn Minuten später ragte er mehr als einen halben Meter weit in die Luft. Als der Gaukler ihn wegzog, entblößte er ein Bäumchen, das bereits Laub und reife Früchte trug. Wir aßen von den Früchten, und sie schmeckten gut. Satan jedoch sagte:

„Wieso bedeckt ihr das Gefäß? Könnt ihr den Baum nicht auch im Sonnenlicht wachsen lassen?"

„Nein", sagte der Gaukler. „Das kann niemand."

„Dann seid ihr ein blutiger Anfänger und versteht euer Handwerk nicht. Gebt mir auch ein Samenkorn. Ich zeige euch, wie es geht." Er nahm es in die Hand und sagte: „Welche Frucht soll ich daraus wachsen lassen?"

„Es ist ein Kirschkern. Also kann daraus natürlich nur ein Kirschbaum werden."

„Das wäre ja ein Kinderspiel; das könnte wirklich jeder Laie. Wollt ihr, dass ich einen Orangenbaum daraus wachsen lasse?"

„Oh ja, das möchte ich sehen." Der Gaukler lachte.

„Vielleicht sogar ein Orangenbaum, an dem auch noch andere Früchte wachsen?"

„Wenn Gott es so will!" Nun lachten alle.

Satan pflanzte den Kirschkern ins Erdreich, bedeckte ihn mit einer Handvoll Erde und sprach: „Erhebe dich!"

Sofort spross ein winziger Stamm hervor und begann zu wachsen. Er wuchs in einer solchen Geschwindigkeit, dass innerhalb von fünf Minuten ein stattlicher Baum daraus geworden war, in dessen Schatten wir uns kühlen konnten. Fassungsloses Gemurmel ging durch die Menge, dann blickten sie hinauf zur Baumkrone, wo sich ihnen ein seltsamer und wunderbarer Anblick bot: Dort wuchsen Früchte in allen Sorten und Farben – Orangen, Trauben, Bananen, Pfirsiche, Kirschen, Aprikosen und noch vieles andere. Es wurden Körbe herangeschafft, und man begann mit dem Abernten des Obstes. Währenddessen scharten sich alle um Satan, küssten ihm die Hand, priesen ihn und nannten ihn den König aller Gaukler. Schon bald verbreitete sich die Kunde in der ganzen Stadt, und alle eilten herbei, um selbst Zeugen dieses Wunders zu werden. Natürlich brachte jeder von ihnen einen großen Korb mit. Sobald sie eine Frucht gepflückt hatten, wuchs schon eine neue nach, und Hunderte von Körben wurden bis zum Rand gefüllt, ohne dass der Nachschub je zum Stillstand kam. Irgendwann jedoch erschien ein Auswärtiger in weißer Leinentracht, das Haupt von einem Tropenhelm bedeckt, und rief mit zorniger Stimme:

„Verschwindet von hier! Schert euch weg, ihr Hundemeute! Dieser Baum steht auf meinem Grund und Boden, und so gehört er mir und niemandem sonst!"

In demütigem Gehorsam stellten die Einheimischen ihre Körbe nieder. Auch Satan zeigte sich demütig, indem er sich, wie es unter den Bewohnern üblich ist, die Finger an die Stirn presste und sagte:

„Lasst ihnen doch für eine Stunde dieses Vergnügen, mein Herr – nur eine Stunde, nicht länger. Danach dürft Ihr es ihnen gerne verbieten, und Ihr werdet dennoch mehr Früchte euer Eigen nennen als Ihr und das ganze Land innerhalb eines Jahres verzehren könnt."

Darüber wurde der Eigentümer sehr wütend, und er rief: „Nichts da! Für wen hältst du dich, du Herumtreiber, dass du es wagst, mir zu raten, was ich tun soll und was nicht?" Er nahm seinen Stock und schlug damit auf Satan ein, danach versetzte er ihm auch noch einen heftigen Tritt.

Da verfaulten die Früchte an den Zweigen, und die Blätter wurden welk und fielen zur Erde. Der Fremde starrte die kahlen Zweige an, überrascht, aber keineswegs erfreut. Satan sagte:

„Seht zu, dass Ihr den Baum allezeit gut pflegt, denn so gesund wie er ist, so gesund werdet Ihr auch sein. Er wird nie wieder Früchte tragen, aber wenn Ihr Euch um ihn sorgt, kann er noch lange leben. Jede Nacht müsst Ihr ihn stündlich gießen – und vor allem, Ihr müsst es selbst tun. Ein anderer kann das nicht für Euch erledigen, und wenn Ihr es bei Tageslicht tut, hat es auch keinen Sinn. Wenn Ihr nur eine einzige Stunde in der Nacht versäumt, wird der Baum sterben – und Euch wird es genauso ergehen. Es ist besser, Ihr kehrt nicht mehr in Euer eigenes Land zurück – Ihr würdet nie dort ankommen. Und für die Nacht solltet Ihr Euch nie etwas vornehmen – weder Arbeit noch Vergnügungen, denn Ihr solltet es nicht riskieren und zu so später Stunde Euer Grundstück noch verlassen. Auch wäre es sehr unklug von Euch, es zu verkaufen oder zu vermieten."

Der Fremde, der ein Mann mit Stolz war, hätte nie einen anderen um etwas angebettelt, doch irgendetwas in seinem Blick verriet mir, dass er Satans Vorschlag nachkommen würde. Während er ihn noch anstarrte, verschwanden wir und machten uns auf den Weg nach Ceylon.

Eigentlich tat mir der Mann leid. Hätte Satan es nicht tun können wie gewohnt und ihn sterben oder zum geistig Umnachteten werden lassen? Es wäre eine Art Gnade gewesen. Natürlich entging Satan mein Gedanke nicht, und er sagte:

„Für seine Frau, die mir nie ein Leid zugefügt hat, hätte ich es gern getan. Sie wird demnächst aus ihrem Heimatland hierher kommen, aus Portugal. Es geht ihr gut, aber sie hat nicht mehr lange zu leben. Sie hat große Sehnsucht nach ihm und versucht, ihn die ganze Zeit davon zu überzeugen, nächstes Jahr mit ihr zurückzukehren. Doch sie wird sterben, ohne je zu erfahren, dass er diesen Ort nicht mehr verlassen kann."

„Wird er ihr es denn nicht sagen?"

„Er? Er würde sein Geheimnis nie einem anderen anvertrauen. Er hat sogar Angst, es im Schlaf zu offenbaren, so dass irgendein Diener eines seiner portugiesischen Gäste es hören könnte."

„Hat keiner der Einheimischen verstanden, was du zu ihm sagtest?"

„Nein. Aber er wird sich zeitlebens darüber sorgen, einer könnte es verstanden haben. Und diese Angst wird für ihn zur Qual werden, da er stets ein strenger Herr und Meister war. In seinen Träumen wird er sehen, wie sie seinen Baum fällen. Das wird ihm die Tage zur Hölle machen – für seine Nächte habe ich ja bereits gesorgt."

Es verdross mich ein wenig, dass die Pläne, die er gegen diesen Fremden geschmiedet hatte, ihn mit solch bösartiger Befriedigung erfüllten.

„Glaubt er an das, was du ihm gesagt hast, Satan?“

„Zuerst meinte er, nicht daran glauben zu müssen. Aber dann sind wir vor seinen Augen verschwunden, und das hat ihm zu denken gegeben. Und dass plötzlich ein Baum auf seinem Grundstück stand, wo zuvor keiner war – das hat ihm auch zu denken gegeben. Die vielen Fruchtsorten, die daran wuchsen, und auch dass sie so schnell verwelkten – all das fand er verrückt und unheimlich, und all das hat ihm zu denken gegeben. Sein Leben wird sich von Grund auf ändern. Und bereits morgen wird er in seinem Leben die erste Veränderung vornehmen. Eine sehr natürliche Vorsichtsmaßnahme.“

„Nämlich?“

„Er wird einen Priester kommen lassen, der den Teufel aus dem Baum austreiben soll. Ihr seid wirklich eine ulkige Gattung – und merkt es nicht einmal.“

„Wird er wenigstens dem Priester davon berichten?“

„Nein. Er wird behaupten, es sei das Werk eines Gauklers aus Bombay, und es sei sein Wunsch, dass der Teufel dieses Gauklers aus dem Baum vertrieben werde, damit er sich erholt und wieder Früchte tragen kann. Doch die Gesänge des Priesters werden nichts nützen. Daraufhin wird der Portugiese von seinen Plänen Abstand nehmen und die Gießkanne bereitstellen.“

„Aber der Priester wird den Baum niederbrennen. Ich weiß es genau; er wird ihn nicht verschonen.“

„Richtig. Und in Europa würde er aus den gleichen Gründen auch einen Menschen verbrennen. Doch in Indien sind die Menschen zivilisiert. Dort geschieht so etwas nicht. Der Mann wird den Priester wegjagen und sich selbst um den Baum kümmern.“

Ich dachte eine Weile nach, dann sagte ich: „Satan, ich glaube, du hast ihm das Leben zur Hölle gemacht.“

„Man kann es so sehen. Aber das Leben ist nun mal keine Spielwiese.“

Und so zogen wir von Ort zu Ort, durchreisten die ganze Welt, wie früher schon, und Satan zeigte mir tausend Wunder, und alle zeugten sie von der Schwachheit und Beschränktheit unserer Rasse. Wir brachen nun alle paar Tage zu seiner solchen Reise auf – nicht aus Bösartigkeit, da bin ich mir sicher – sondern weil es ihn zu belustigen und zu faszinieren schien, so wie ein Naturwissenschaftler vielleicht von seiner Ameisensammlung zugleich belustigt und fasziniert ist.

Kapitel XI

Ein ganzes Jahr lang zeigte Satan sich immer wieder; zuletzt jedoch kam er immer seltener, und dann erschien er lange Zeit überhaupt nicht mehr. Das stimmte mich traurig und melancholisch. Ich spürte, dass er allmählich das Interesse an unserer kleinen Welt verlor und irgendwann seine Besuche vermutlich ganz einstellen würde. Als er schließlich eines Tages kam, um mir Lebewohl zu sagen, erklärte er, wir würden uns heute das letzte Mal sehen. Es rufe ihn zu Forschungsreisen und Unternehmungen in andere Teile des Universums, die ihn länger in Anspruch nehmen würden als ich auf seine Rückkehr warten könne.

„Heißt das, du wirst nie mehr wiederkommen?"

„So ist es", sagte er. „Wir waren lange genug Kameraden, und hatten viel Spaß dabei – alle beide. Jetzt aber muss ich gehen, und wir werden einander nie wiedersehen."

„In diesem Leben, Satan – aber vielleicht in einem anderen? In einem anderen Leben treffen wir uns doch sicherlich wieder, oder?"

Darauf gab er mir ganz ungerührt und nüchtern jene seltsame Antwort: „Es gibt kein anderes Leben."

Ein seltsamer Hauch wehte von seinem Geist zu mir herüber, und mit ihm das vage, aber auch segensreiche und ermutigende Gefühl, seine so abwegig klingenden Worte könnten, ja mussten sogar wahr sein.

„Hast du das nie geahnt, Theodor?"

„Nein. Wie sollte ich? Aber es kann nur wahr sein ..."

„Es ist wahr."

Eine Woge der Dankbarkeit erfüllte meine Brust, doch ein Zweifel überlagerte sie, noch ehe ich sie in Worte fassen konnte, und ich sagte: „Aber ... aber ... wir haben es doch gesehen, das künftige Leben – als tatsächliche Wirklichkeit, und ..."

„Es war ein Trugbild. Es hat nicht wirklich existiert."

Mir stockte der Atem, so sehr kämpfte in mir die große Hoffnung. „Eine Vision? Ein Trug...?"

„Auch das Leben selbst ist nur ein Trugbild. Ein Traum."

Meine Nerven waren bis zum Zerreißen gespannt. Lieber Gott! Derselbe Gedanke war mir bei meinen Grübeleien schon tausendmal gekommen.

„Nichts existiert wirklich, alles ist nur ein Traum. Gott – der Mensch – die Welt – die Sonne, der Mond, die Wildnis der Sterne – ein Traum, alles nur ein Traum. Nichts davon gibt es wirklich. Alles, was existiert, ist leerer Raum – und du!"

„Ich?"

„Du bist nicht du – du hast keinen Körper, kein Blut, keine Knochen, du bist nur ein Gedanke. Auch ich existiere nicht wirklich. Ich bin nichts als ein Traum – ein Traum, den du geträumt hast, eine Ausgeburt deiner Fantasie. Bald wirst du das erkannt haben und mich aus deinen Visionen verbannen. Und ich werde mich in das große Nichts auflösen, aus dem heraus du mich erschaffen hast.

Ich sterbe bereits, verblasse, verflüchtige mich. Noch eine kurze Zeit, dann wirst du allein im uferlosen Raum sein, um seine grenzenlose Einsamkeit ganz ohne Freund und Kamerad auf ewig zu durchwandern – denn du wirst ein Gedanke bleiben, der einzig existierende Gedanke, seinem Wesen nach unauslöschlich, unzerstörbar. Ich aber, dein armer Diener, habe dich dir selbst offenbart und dich befreit. Träume nun andere Träume. Bessere Träume.

Seltsam, dass dieser Gedanke dir nicht schon vor Jahren selbst gekommen ist – vor Jahrhunderten, Zeitaltern, Äonen. Denn es gibt dich, ohne Gefährten, bereits von Ewigkeit an. Seltsam, wirklich, dass du nie geargwöhnt hast, euer Universum und alles, was darin enthalten ist, könnten nichts als Träume sein, Trugbilder, Hirngespinste! Wo sie doch derart durchschaubar und verrückt sind – wie eben alle Träume: Ein Gott, der ebenso leicht gute wie böse Kinder erschaffen kann, es aber dennoch vorzog, böse zu erschaffen; der jedes von ihnen hätte glücklich machen können, aber nie auch nur ein einziges glücklich machte; der dafür sorgte, dass die Menschen ihr bitteres Leben auch noch schätzten, es dann aber knauserig begrenzte; der seinen Engeln die ewige Glückseligkeit einfach so schenkte, während seine anderen Kinder sie sich erst verdienen mussten; der seinen Engeln ein Leben ohne Leid schenkte, seine anderen Kinder aber mit bitteren Qualen sowie geistigen und körperlichen Gebrechen schlug; der von Gerechtigkeit faselt und die Hölle erfand, der von Gnade faselt und die Hölle erfand, der von den Goldenen Regeln faselt und davon, dass man siebzigmal siebenmal verzeihen soll, und die Hölle erfand; der anderen Leuten etwas von Moral erzählt und selbst keine besitzt; der Straftaten missbilligt, aber jede einzelne davon selbst begeht; der den Menschen erschuf, ohne darum gebeten worden zu sein, und dann versucht, dem Menschen die Verantwortung für das, was er seinen Mitmenschen antut, in die Schuhe zu schieben, anstatt sie wie ein Ehrenmann dort zu suchen, wo sie ihren Ursprung hat – bei sich selbst nämlich; und der schließlich mit geradezu göttlicher Beschränktheit diesen armen, getretenen Sklaven auch noch dazu auffordert, ihn zu verehren!

Du erkennst nun, dass all diese Dinge unmöglich sind, außer in einem Traum. Du erkennst, dass es sich um bloße Verrücktheiten handelt, um die kindlichen und dümmlichen Ausgeburten einer Fantasie, die sich ihrer Monstren nicht bewusst ist – kurz gesagt: Du erkennst, dass sie ein Traum sind – ein Traum, den du dir selbst erschaffen hast. Es gibt so viel, das darauf hindeutet, dass es sich nur um Träume handelt, du hättest es eigentlich viel früher erkennen müssen.

Es ist wahr, was ich dir enthüllt habe: Es gibt keinen Gott, kein Universum, kein Menschengeschlecht, kein irdisches Leben, keinen Himmel, keine Hölle. Es ist alles nur ein Traum – ein grotesker und närrischer Traum. Nichts existiert außer dir selbst.

Und du bist nichts als ein Gedanke – ein umherirrender Gedanke, ein nutzloser Gedanke, ein heimatloser Gedanke, der einsam durch die leeren Ewigkeiten wandert."

Er verschwand und ließ mich entsetzt zurück, denn ich wusste und erkannte, dass alles, was er gesagt hatte, wahr war.

Jene Tage mit ihm aber haben mein Leben verändert. Heute bin ich ein alter Mann, der oft an jene Zeit zurückdenkt, und manchmal, wenn ich, gebrechlich und unter Mühen, des Nachts umherstreife, wandern meine Augen unwillkürlich zum Himmel. Und was ich sehe, ist ein Wunschgebilde, sind Sterne, die im nächsten Moment zu platzen drohen – von Satan aber keine Spur. Ich habe längst erkannt, dass der beste Lehrer, den diese Welt mir je geschickt hat, in der Tat nur eine Ausgeburt meiner Fantasie war.

Inzwischen sind meine Tage gezählt. Ich warte täglich auf das Sterben, und ich weiß, dass es nichts sein wird als ein Augenzwinkern. Man kann nicht von einer Welt in die andere treten, solange diese Welten gar nicht existieren. Also endet nur ein Traum, und ein neuer beginnt.

Und Albträume? Albträume gibt es nicht. Jeder Schmerz ist nur ein vorbeugendes Heilmittel gegen einen noch größeren Schmerz, und alles, was wir als Leid oder Ungerechtigkeit empfinden, ist Teil dieses Großen Plans.

Während ich dies schreibe, sitze ich draußen unter dem Nachthimmel, sehe Sterne fallen, verblassen und neu entstehen, und spüre, dass es mein letzter Sommer ist. Dann denke ich zurück an all jene Tage in meinem Leben, die durch das, was Satan mir verkündet hat, zu schönen Tagen wurden.

Zu lauter Sommertagen.

Der Autor

Mark Twain, geboren am 30. November 1835 in Florida, Missouri, hieß mit bürgerlichem Namen Samuel Langhorne Clemens. Sein erstes Geld verdiente er sich als Schriftsetzer und Journalist; mit 20 Jahren wurde er Steuermann auf einem Mississippi-Dampfer. Seine ersten literarischen Erfolge feierte er als etwa 30-jähriger. Sein namhaftestes Werk – der legendäre *Huckleberry Finn* – erschien im Jahre 1884; es setzt sich, wie viele Werke Mark Twains, auf kritische Weise mit Heuchelei, Verlogenheit und Rassismus auseinander. Der Schriftsteller starb am 21. April 1910 in Redding, Connecticut.

Der Übersetzer

Oliver Fehn, geboren 1960, ist selbst Autor zahlreicher Sachbücher und Romane. Im Pandämonium-Verlag erschienen bisher sein Roman *Die Klavierbrücke* und die Kurztext-Sammlung *Keiner will mehr nach San Francisco* (beide 2012). Hauptberuflich jedoch ist er inzwischen als Übersetzer tätig; zu seinen bevorzugten Genres gehören Romane sowie Fachbücher aus den Bereichen Gesundheit, Religionswissenschaft und Musik/Gitarre/Klavier.